AF452817

l'exécration et de l'horreur de tes frères ? et faudrait-il que la loi seule n'osât toucher à ta vie dans l'instant que tu l'as foulée à tes pieds, et que tu as brisé tous les liens qui t'y attachaient ? Les maux de la nature ne nous autorisent pas à en verser de nouveaux sur les hommes ; la rage des bourreaux de l'humanité ne nous donne pas le droit d'attenter à la vie des autres. Mais, hélas ! pourquoi, au lieu de chercher à protéger ces lions qui conjurent notre perte avec des forces impitoyables, ne tâchons-nous pas plutôt à nous en affranchir ? Pourquoi n'apprenons-nous pas au moins à être implacables, s'il faut parler ainsi, avec nos ennemis, puisqu'ils sont tous si cruellement unis contre nous ? Pourquoi, enfin, chercher à voir vivre parmi les bons leurs assassins, et nourrir des loups au milieu de troupeaux inermes, qui ne sauraient que trembler à l'aspect de ces bêtes carnassières, malgré toutes les chaînes dont ils les voient chargées ?

intéressant aux yeux des législateurs philo-
sophes, auxquels mes idées sont adressées.
Quelle est-elle enfin cette peine de mort que
l'on a appelée si cruelle, et quel est ce dom-
mage que la société peut sentir de la perte
qu'elle fait de quelques individus qui en ont
brisé tous les liens, et qui en sont devenus
les destructeurs ? Les brûlantes Philippines
et le terrible Etna vomissent leurs flammes
sur la terre, et des milliers d'hommes en
sont les victimes ; des feux souterrains en-
gloutissent Lisbonne et les Calabres, et des
races presqu'entières disparaissent de la surface du globe. Kenghis-Kan, Alexandre et
César fondent l'immortalité de leurs noms
sur des monceaux de cadavres ; les funestes
passions d'un nombre très-limité d'hommes
malheureusement grands, coûtent la vie à des
millions de leurs semblables. Malheureux
jouet de tout ce qui t'entoure, être orgueilleux et faible, atome de la nature, ô homme !
serait-ce donc que tu ne deviendrais respec-
table que lorsque tu t'es rendu digne de

ACHILLE A SCYROS,

POËME

EN SIX CHANTS;

Par J. Ch. J. LUCE DE LANCIVAL,

Professeur de Belles-Lettres au Lycée Impérial, Membre de l'Athénée des Arts, de celui des Étrangers, etc., ci-devant Professeur de Belles-Lettres dans l'Université de Paris.

Nomen Achillis amant.....
STACE.

Prix, 1 fr. 80 c., et 2 fr. 20 c. par la poste.

PARIS,

DE L'IMPRIMERIE DE GILLÉ.

Se vend à Paris, chez Le Normand, Imprimeur-Libraire, rue des Prêtres Saint-Germain l'Auxerrois, n.° 42, vis-à-vis l'Église.

AN XIII. (1805.)

A SON EXCELLENCE

M.ᴿ SCHIMMELPENNINCK,

AMBASSADEUR DE LA RÉPUBLIQUE BATAVE

PRÈS SA MAJESTÉ L'EMPEREUR DES FRANÇAIS.

Monsieur l'Ambassadeur,

Ce n'est point à l'homme éminent en dignités, à l'Ambassadeur d'une République amie, au Ministre investi de toute la confiance de ses Concitoyens et de l'estime de l'Europe entière, c'est à l'homme vertueux, à l'ami des Lettres, au Savant modeste qui m'a souvent aidé de ses conseils et toujours honoré de son amitié, que je dédie Achille à Scyros.

Quelque soit le sort de cet Ouvrage, personne ne lui contestera l'honneur d'avoir paru sous les auspices d'un nom illustre et sans reproche.

Agréez, Monsieur l'Ambassadeur, avec cet hommage, l'assurance d'un inviolable et respectueux attachement.

Luce de Lancival.

PRÉFACE.

STACE (1), poëte latin, qui jouit d'une grande célébrité, sous Domitien, m'a fourni le sujet, presque tout le plan et la plupart des détails du poëme d'Achille à Scyros. Toute mon ambition s'était même d'abord restreinte à mettre en vers la traduction en prose que j'avais faite, très-jeune encore, des deux livres qui nous restent de son Achilléide (2), mais j'ai craint d'intéresser faiblement, par la traduction de deux livres, qui ne sont que le commencement d'un poëme, ou plutôt d'un roman poétique, qui devait embrasser toute la vie d'Achille, *ire per omnem heroa*, dit Stace, ce qui supposait le dessein peu réfléchi de refaire l'Iliade :

(1) Voyez, sur la vie et les ouvrages de Stace, la préface de l'estimable traduction de sa Thébaïde, par M. l'abbé Cormiliolles.

(2) J'avais fait cette traduction, à la demande d'une femme aimable, dont les poésies prouvent un vrai talent. Je sais que, depuis plusieurs années, elle travaille à un poëme d'*Achille et Déidamie*, et je ne me suis hasardé dans la même lice, que quand j'ai eu la certitude que d'autres s'étaient déjà emparés d'un sujet qui semblait devoir être réservé au pinceau brillant et délicat de Madame d'Hautpoult, ci-devant Beaufort.

au contraire, avec quelques changemens, quelques transpositions, et un dénouement qui s'offrait assez naturellement, je pouvais, de ce qui dans Stace n'était qu'un épisode, former un poëme complet, dont l'action serait une, intéressante, héroïque, en un mot, offrirait une espèce d'épopée en miniature. Pour prouver que j'ai eu raison de craindre qu'une simple traduction de l'Achilléide de Stace ne fût accueillie froidement du public, je n'alléguerai point le peu d'effet que produisit, il y a quelques années, celle de M. Cournand, professeur au Collège de France ; des malins feraient observer à M. Cournand ou à moi, et peut-être à tous deux, que le peu d'effet, que produit une traduction, ne prouve pas toujours contre l'original. Mais cet original lui-même, quoiqu'il soit rempli de beautés, quoiqu'il offre, particulièrement dans ce qui nous est parvenu de son Achilléide, une foule de tableaux variés, où le sublime, le tendre et le gracieux, où toutes les nuances du coloris poétique sont employées et fondues avec beaucoup d'art, cet original a été jugé si sévèrement par des Critiques, dont l'opinion en littérature impose, qu'aux yeux de certaines personnes qui ne l'ont jamais lu, s'annoncer comme le traducteur de Stace, c'est déjà compromettre son discernement et son goût.

J'apprends cependant qu'un homme de lettres, à qui personne ne contestera ni son goût, ni son érudition, M. Durault de la Malle, se dispose à publier incessamment une nouvelle traduction en vers de l'Achilléide, précisément pour venger Stace de l'espèce de flétrissure que M. de la Harpe, dans son Cours de Littérature, a voulu attacher à la mémoire de ce poëte, qui compte parmi ses admirateurs Juvenal, Scaliger, et un grand nombre de savans de tous les siècles et de tous les pays (3). C'est dans un accès d'humeur que M. de la Harpe a fait l'article de Stace, et même il est probable que, prévenu dès le collège contre le

---

(3) Dante, que les Italiens regardent comme un de leurs plus étonnans génies, voulant rendre hommage à Stace, suppose, au 21ᵉ. Chant du Purgatoire, qu'il est rencontré par Virgile qui lui demande son nom, et que Stace répond :

Nel tempo, che 'l buon Tito con l'ajuto
   Del sommo Rege vendicò le fora
   Ond' usci 'l sangue per Guida venduto;
Col nome che più dura e più onora
   Er 'io di là, rispose quello spirto,
   Famoso assai; ma non con fide ancora.
Tanto fu dolce mio vocale spirto,
   Che Tolosano a se mi trasse Roma,
   Duve mertai le tempie ornar di mirto.
Statio la gente ancor di là mi noma
   Cantai di Tebe, e poi del grand Achille:
   Ma caddi 'n via con la seconda soma :
Al mio ardor fur some le faville,
   Che mi scaldar de la divina flamma,
   Onde son allumati più di mille :
De l'Eneida dico, la qual mamma
   Fummi, e fummi nutrice poetando :
   Senz' essa nou fermai pesò di dramma.

*..

style inégal, quelquefois obscur et boursouflé de
l'auteur de la Thébaïde, il avait dédaigné de le lire.
Il le trouve plus ennuyeux que Silius Italicus ; il
ne peut lui pardonner la grande réputation dont
il a joui, et la prévention a tellement brouillé
toutes ses idées, qu'il attribue à Martial ces vers
de Juvenal, qui peignent le flatteur empressement de tout un peuple à entendre sa Thébaïde :

Curritur ad vocem jucundam et carmen amicæ
Thebaidos, lœtam fecit cum Statius urbem,
Promisit que diem, tantâ dulcedine captos
Afficit ille animos, tantâ que libidine vulgi
Auditur.   JUVENAL, *Satyre* 7.

Des ennemis de Stace ont été jusqu'à prêter à

E per esser vivuto dila', quando
   Visse Virgilio, assensirei un sole
   Piu, ch'io non deggio, al mio useir di bando, etc.

« Au tems que le grand Titus, avec l'aide du souverain roi, vengea
« le sang vendu par Judas, j'étais parmi les vivans, répondit cette
« ombre, exerçant avec assez d'éclat l'art qui, le premier de tous,
« donne la gloire et l'immortalité, mais les yeux encore fermés aux
« lumières de la foi; telle était la douceur de mes accents, que de
« Toulouse ma patrie, Rome m'appela dans son sein, où, pour prix
« de mes chants, le myrte ceignit mon front ; je suis encore connu
« dans le monde sous le nom de Stace : j'ai d'abord chanté Thèbes,
« ensuite le grand Achille, mais la mort m'arrêta au milieu de cette
« seconde course. J'allumai mon génie au foyer de la flamme divine,
« dont plus de mille ont été embrâsés; je veux parler de l'Énéide.
« C'est l'Énéide qui fut la mère et la nourrice de ma Muse : sans elle
« je n'aurais rien créé, et pour avoir vécu au siècle où vécut Virgile,
« je consentirais à prolonger d'un an mon exil en ces lieux. »

Dès que Virgile a reconnu Stace, une étroite amitié

ces vers un sens ironique. Enfin, au lieu de lui savoir gré du culte religieux qu'il rend à Virgile, au lieu d'opposer aux détracteurs de son goût sa constante admiration pour le dieu du goût, au lieu d'applaudir du moins à la modestie du poëte, qui termine son poëme par cette apostrophe à sa Muse :

> Neque tu divinam Eneida tenta,
> Sed longe sequere et vestigia semper adora.

La Harpe y répond par un sarcasme : *Sa Muse,* dit-il, *lui a ponctuellement obéi.* La Harpe croyait difficilement à la modestie d'un auteur. Il ne dit pas un mot de l'Achilléide, pas un mot des *Sylves*, recueil de pièces diverses, parmi lesquelles il s'en

---

s'établit entre eux ; ils font ensemble une grande partie du chemin.

> E com' amico omai meco ragiona.

Et désormais cause avec moi, comme avec un ami, lui dit Virgile au 22e. Chant.

Dans le 24e., Dante dit, en parlant de ces deux poëtes : *Et je restai en chemin avec ces deux génies qui jetèrent tant d'éclat dans le monde.*

> Ed io rimasi 'n via con esso i due
> Che fur del mondo si grand mariscalchi.

A ce glorieux témoignage, on peut ajouter celui de Pope, qui n'a pas dédaigné de traduire le Ier. livre de la Thébaïde, et qui n'a quitté Stace que pour Homère, après lequel on peut encore le placer honorablement.

trouve d'une grâce et d'une délicatesse au-dessus de tout éloge, et il conclut en s'écriant : *Qu'importe que l'on sache dans tous les siècles que Stace a été un mauvais poëte?* Ah, monsieur de la Harpe! Stace est très-inférieur à Virgile, j'en conviens ; Stace a eu le malheur de naître dans un siècle où la langue latine était déjà corrompue, et où le flambeau du goût commençait à pâlir ; mais enfin, entre Virgile et Stace, la différence n'est pas plus grande qu'entre Racine et la Harpe, et je ne pardonnerais pas à celui qui vous jugerait comme vous avez jugé Stace. Dans ce rapprochement, je ne considère la Harpe que comme poëte : si, sous ce rapport, il offre moins de défauts que Stace, Stace a infiniment plus de génie que lui, et, comme on l'a très-judicieusement observé, c'est moins le nombre des défauts que le défaut de beautés qui condamne un poëme à l'oubli. Quoi qu'il en soit, le devoir d'un critique, et sur-tout d'un critique tel que M. de la Harpe, est de classer les écrivains, et non de les anéantir, quand leur mémoire a traversé quinze siècles. Cette manière de proscrire, d'un trait de plume, et souvent sur parole, est aussi commune qu'elle est facile ; il est (je l'ai dit il y a long-tems) jusque dans la république des lettres, des intolérans et des exclusifs qui, ne sachant point pardonner quelques défauts, en faveur des beautés qui les rachètent, dès qu'un auteur n'occupe pas le premier rang, le rayent sans pitié des fastes de l'immortalité. De là, une foule d'Échos littéraires condamnent dédaigneusement ce qu'ils ont entendu condamner au hasard, et, rebutés de quelques difficultés, trouvant plus aisé de décrier un écrivain que de l'étudier, relèguent, dans la poussière des bibliothèques, des ouvrages qu'ils auraient admirés, s'ils avaient eu seulement le talent de les lire. Quand il s'agit de former la jeunesse, qu'on ne mette entre ses mains que des modèles parfaits : la lecture de ceux qui ont quelquefois abusé de leur génie pourrait être dangereuse, à un âge où l'on ne peut encore discerner le vrai beau, où l'on préfère le clinquant à l'or, et où les défauts brillans d'une imagination exaltée frappent et séduisent plus que les beautés simples et mâles du génie guidé par la nature. Mais lorsqu'on est imbu des principes d'une saine littérature, ne peut-on, appuyé sur les grands maîtres de l'antiquité, saluer, au moins en passant, les demi-dieux du Parnasse? Les divinités du second ordre avaient aussi leurs autels. A l'exemple du sage Ulysse, qui, attaché au mât de son vaisseau, sut assister impunément aux concerts enchanteurs des Sirènes, ne peut-on pas admirer les véritables beautés d'un ouvrage, en échappant à celles dont le goût s'effarouche, et jouir, sans en être ébloui, de tout le luxe dont il brille? Proscrire un auteur parce qu'il n'est point parfait, c'est sacrifier les beautés qu'il a à celles qui lui manquent, c'est lui dérober sa gloire, en se dérobant à soi-même des jouissances.

Que Virgile règne donc sur le Parnasse latin, qu'il y règne,

Et par droit de conquête et par droit de naissance.

Mais qu'on n'en exile pas un auteur, à qui il n'a peut-être manqué, pour partager son trône, que d'être né, comme lui, sous l'empire heureux d'un Auguste.

Pour moi je me croirais payé de mes peines, si l'imitation que je hasarde pouvait au moins piquer la curiosité des ennemis de Stace, et les engager à juger, par eux-mêmes, jusqu'à quel point il est digne des regards de la postérité. Si ma Muse obtenait quelques lauriers, ce serait pour en parer le front du poëte par qui elle fut inspirée. Car, je le répète, je dois presque tout à Stace ; le cadre de mon poëme, que je n'ai fait que resserrer dans de justes proportions ; le dessin, qu'il m'a suffi de rendre plus régulier ; le coloris même, que j'ai tâché de nuancer et d'économiser davantage. Pour former un tout de ce qui, chez Stace, n'était qu'un accessoire, il a fallu distribuer la matière autrement ; il a fallu qu'*Achille découvert par Ulysse et Diomède* fût le but unique auquel tout concourût et aboutît. Pour cela, j'ai changé, ajouté, retranché, transposé, quelquefois créé, souvent traduit. J'ai changé, par exemple, l'invocation.

Celle de Stace est à Domitien, la mienne est à Homère, et mon poëme n'étant, pour ainsi dire, que l'avant-scène de l'Iliade, j'ai cru ce choix plus convenable et plus intéressant. J'ai ajouté quelques détails, et entr'autres, dans le 4e. Chant, le très-court épisode du rival que je suppose à Achille, avant qu'il se soit découvert à Déidamie. Il m'a semblé que cette idée était heureuse, mais qu'il fallait se garder de l'étendre, si l'on ne voulait pas tomber dans le burlesque, défaut que Métastase n'a pas toujours évité, dans son opéra d'*Achille in Sciro*.

J'ai retranché un bon tiers de la description des préparatifs de guerre contre les Troyens ; ce morceau est très-beau dans Stace, mais le poëte latin a trop multiplié les détails, et il me semble qu'il aurait dit beaucoup plus, s'il n'avait pas voulu tout dire. J'ai transposé au second Chant l'éducation d'Achille chez le centaure Chiron. Dans Stace, Achille fait son récit à Ulysse et Diomède, lorsqu'il est embarqué avec eux pour Troye, et c'est là que finissent les deux livres que Stace nous a laissés ; son but a été de charmer, par ce récit intéressant, les ennuis d'une longue navigation ; mais je crois lui avoir donné un degré d'intérêt de plus, en le faisant faire par le héros à sa mère, au moment où celle-ci, alarmée sur le sort de son fils, arrive chez le centaure, dans l'intention de lui dérober son trop fameux élève ;

tout ce que raconte Achille, en augmentant les alarmes de la déesse, motive et précipite sa résolution. J'ai donné à cette mère tendre et craintive un rôle plus actif et une influence plus immédiate sur les divers évènemens du poëme : enfin j'ai créé le dénouement, et, si je ne m'abuse, celui que j'ai imaginé ne manque ni d'intérêt, ni de vraisemblance.

Les morceaux que j'ai cru devoir traduire, de préférence, et que j'ai traduits avec un soin particulier, sont les comparaisons. C'est la partie brillante de Stace, et, sous ce rapport, il peut soutenir la concurrence avec Virgile lui-même ; il l'égale alors, autant par la pureté et l'harmonie du style que par la justesse et la délicatesse des idées. Un tel éloge a besoin d'être justifié : citons quelques exemples.

Dans le second Chant, Thétis rêve aux moyens de cacher son fils ; son imagination inquiète parcourt rapidement diverses contrées que divers motifs lui font rejeter ; la Thrace est consacrée au dieu de la guerre, Athènes est avide de renommée, Abydos est trop fréquentée, etc., etc. Elle se décide enfin pour l'humble et voluptueuse Scyros.

Qualis vicino volucris jam sedula partu,
Jamque timens quâ fronde domum suspendat inanem,
Providet hinc ventos, hinc anxia cogitat angues,

Hinc homines : Tandem dubiæ placet umbra, novis que
Vix stetit in ramis , et protinus arbor amatur.

Voilà l'asyle heureux qu'elle implora long-tems.
Tel un oiseau qui cherche , au retour du printems ,
Pour sa tendre couvée , un abri tutélaire ,
De bosquet en bosquet , voltige solitaire ;
Des fruits , douteux encor, d'un hymen clandestin
A quel arbre doit-il confier le destin?
Sur quel rameau faut-il que son amour bâtisse
De leur frêle berceau le mobile édifice ?
Il craint des noirs autans le souffle impétueux ;
Il craint l'assaut furtif du serpent tortueux ;
Il craint l'homme. Un buisson, dans un lieu bien sauvage ,
D'un rempart verdoyant lui présente l'ombrage,
Et ce buisson , déjà confident de ses feux ,
Fixe son choix, son vol , son espoir et ses vœux.

Dans le troisième Chant, le poëte peint Achille
éprouvant les premiers feux de l'amour, à l'aspect
de Déidamie.

Ut pater armenti quondam rector que futurus ,
Cui nondum toto peraguntur cornua gyro ,
Cum sociam pastus niveo candore Juvencam
Aspicit; ardescunt animi , primus que per ora
Spumat amor , spectant hilares , optant que magistri.

Tel, lorsque , sur son front armé par la nature ,
S'arrondit le croissant qui fera sa parure ,
Dans un riant vallon , tel un jeune taureau ,
Présomptif souverain d'un superbe troupeau,
S'il voit une compagne , à la robe d'ébène ,
Au front de neige, errer aux bords d'une fontaine ,

Il s'arrête, saisi d'un doux frémissement;
Son premier cri d'amour, en long mugissement,
Frappe l'écho; d'amour sa narine écumante,
Avec l'air qu'il embrâse, aspire son amante :
De ce présage heureux le laboureur charmé,
L'admire, et du troupeau le chef est proclamé.

En voici une dans le genre sublime : le poëte a dit que les Grecs, rassemblés en Aulide, n'attendaient plus qu'Achille pour partir, et que tous les vœux, tous les cœurs l'imploraient, comme le chef et le modèle de tant de héros.

Sic cum bellantes Phlegrea in castra coirent
Cœlicolæ, jam que Odrysiam Gradivus in hastam
Surgeret, et Lybicos Tritonia tolleret angues,
Ingentem que manu curvaret Delius arcum,
Stabat anhela metu, solum natura Tonantem
Respiciens, quando ille hiemes, tonitru que vocaret
Nubibus, igniferam qui fulmina posceret æthnam.

Ainsi, contre le Dieu qui lance le tonnerre,
Quand l'orgueil souleva les enfans de la terre,
C'est en vain que Bacchus, à leur rebellion,
Opposait et la griffe et la dent du lion,
Pallas de ses serpens la tresse épouvantable,
Mars sa lance, Apollon sa flèche inévitable,
La nature troublée, et muette d'effroi,
De l'Olympe désert n'implorait que le roi,
Et l'espoir ne rentra dans son ame inquiète,
Que lorsqu'armé du foudre, il parut à leur tête.

Opposons à cette sublime image un tableau d'un

genre tout différent. C'est le moment où Achille, déguisé en femme, se mêle parmi les princesses de Scyros qui l'accueillent, d'abord avec une sorte de réserve, mais bientôt s'enhardissent et se familiarisent.

Qualiter Idaliæ volucres, ubi mollia frangunt
Nubila, jam longum cœloque, domo que gregatæ,
Si junxit pennas, diverso que hospita tractu,
Venit avis, cunctæ primum mirantur et horrent;
Mox propius, propius que volant, atque aere in ipso
Paulatim fecere suam, plausu que secundo
Circumeunt hilares, et ad alta cubilia ducunt.

Tels, dans un jour d'été, les oiseaux d'Idalie,
Loin des bois parfumés où Vénus les rallie,
Quand ils planent de front, au milieu d'un ciel pur,
Et d'un cercle d'argent en couronnent l'azur;
Sur leur route jeté, si, d'un lointain rivage,
Un autre oiseau, brillant d'une beauté sauvage,
Dans l'escadron aîlé soudain vient se ranger:
D'abord surpris, frappé de son air étranger,
On l'observe en silence, avec crainte on l'admire;
Un doux instinct vers lui, par degrés, les attire;
Bientôt le nouvel hôte, avec pompe escorté,
Au toît hospitalier en triomphe est porté.

Si ces exemples ne suffisaient pas, pour prouver combien les comparaisons de Stace sont à la fois justes et ingénieuses, je citerais encore celle d'Achille avec un lion apprivoisé. Celle-là est en

outre d'une perfection de style que je crois intra-
duisible.

Ce qui a décidé mon choix pour le sujet d'Achille
à Scyros, c'est que ma Muse trouvait, dans un
cadre assez étroit, une foule de tableaux à faire.
Plusieurs ne seraient pas indignes d'exercer le
pinceau de nos plus célèbres artistes. Thétis abordant Neptune ; Achille chez le centaure Chiron,
lorsqu'il revient de la chasse, et qu'appercevant
sa mère, il jette, pour s'élancer dans ses bras, les
deux lionceaux, dont il excitait les cris, en leur
pinçant l'extrémité des ongles ; Thétis enlevant,
sur un char attelé de deux dauphins, son fils endormi, pour le transporter à Scyros ; le Réveil
et l'étonnement d'Achille, qui n'apperçoit plus ni
l'Ossa, ni le Pélion, ni le Centaure ; et le moment
où, prêt à s'élancer dans la mer, pour échapper
aux habits de femme, dont le poursuit Thétis, il
est arrêté, dans son élan, par la vue inopinée de
Déidamie ; et le moment où sa mère l'habille, et
celui où elle le présente à Lycomède, et celui où
Déidamie lui enseigne à tourner un fuseau avec
grâce, et l'arrivée d'Ulysse et de Diomède ; et
l'instant où Achille, enflammé par le récit des
deux héros, sort de la salle du festin, entraîné
par Déidamie, et regardant fixement Diomède ;
et le moment fameux où il saisit les armes mêlées
parmi les bijoux ; et celui où Agyrthés, sonnant

de la trompette, fait fuir les princesses effrayées,
jetant çà et là leurs présens, tandis qu'Achille
armé parcourt le portique à pas de géant, et
semble défier Hector; et celui où Déidamie confuse sort de sa retraite, pour venir recevoir sa
grâce, dont elle doute encore ; et celui du départ
d'Achille, et celui où Thétis reçoit sur son char,
qui s'élève tout-à-coup au-dessus des flots, Déidamie qui s'y précipitait de désespoir ; et le dernier tableau, qui présente, d'un côté Achille, sur
son vaisseau, les bras étendus, les yeux tournés
vers le char de la déesse qui porte tout ce qu'il a
de plus cher, ce char qui suit le vaisseau ; et de
l'autre, Lycomède et toute sa cour, bordant le
rivage, et formant des vœux pour les succès et le
retour du héros.

En attendant que le pinceau ou le burin essaye
de reproduire ces tableaux divers, tour-à-tour
gracieux, naïfs ou sublimes, l'ingénieux et fécond
auteur des Ballets de Psyché, de Télémaque et de
Pâris les a jugés dignes d'embellir la scène magi-
que, où son talent n'est connu que par des triom-
phes. Il a la modestie de reconnaître qu'il a com-
posé le ballet d'Achille et Déidamie, d'après
un manuscrit que je lui ai confié, il y a quelques
années, en l'invitant moi-même à en faire usage ;
mais les accessoires brillans, dont son imagination
aura su orner un fonds si riche, en feront son

propre ouvrage ; d'ailleurs tous les genres de ma-
gie se réuniront pour assurer son succès, et moi,
qui n'ai point celle des vers, la seule qui fasse
vivre un poëme, où placer mon espoir, si ce n'est
dans l'indulgence de mes lecteurs ?

ACHILLE A SCYROS.

CHANT PREMIER.

Je chante ce héros, à qui les destinées
Promirent une gloire immense, et peu d'années (a);
Dont l'éclat, même au roi du céleste séjour
Fit redouter l'honneur de lui donner le jour (b),
Héros né d'un mortel, demi-dieu par sa mère,
Mais au-dessus des dieux élevé par Homère.
    Homère! honneur du Pinde! aigle chéri des cieux!
Ne crois pas que je tente, émule ambitieux,
La route inaccessible où plana ton génie!
Timide adorateur des nymphes d'Aonie,
Je m'engage, d'un pas chancelant, effrayé,
Dans un sentier que Stace à ma Muse a frayé.
D'Achille, aux pieds légers, tu chantas la vengeance (c):
Je chanterai les jeux de sa fougueuse enfance;
A son ame intrépide égalant ton essor,
Tu le peignis vainqueur de l'homicide Hector:
Des amoureux exploits ma Muse plus amie,
Va le peindre, aux genoux de sa Déidamie;

1

Mon héros, dépouillant et son sexe et son nom,
Ne sera que la sœur du héros d'Ilion (*d*),
A l'amour il devra sa première victoire.
Bientôt Ulysse, armé du clairon de la gloire,
Aux chants d'amour viendra mêler un son guerrier,
Et le myrte soudain fera place au laurier.
Je te le livre alors; saisis, sublime Homère,
Ce héros, qu'espérait te dérober sa mère;
Place-le sur un char poudreux, ensanglanté,
Et volez, l'un par l'autre, à l'immortalité (*e*).
    Des bords hospitaliers de l'heureuse OEbalie ( ),
Le Berger Phrygien, regagnant sa patrie,
Fuyait, parjure ami; sur l'humide élément,
Son coupable vaisseau voguait tranquillement,
Et, d'un trop doux larcin fatal dépositaire,
En triomphe portait sa conquête adultère;
Les vents dormaient; Hélène avait su les charmer.....
Quand Thétis (une mère est prompte à s'alarmer)
Sous le voile azuré de son palais liquide,
Sentit avec effroi la rame d'un perfide.
De son lit de cristal aussi-tôt s'élançant,
Elle écarte les flots, lève un front pâlissant,
Et soudain : « C'est mon deuil qu'on prépare, dit-elle,
» Oui, c'est moi que menace une flotte infidelle;
» Je reconnais Protée, et ces sages avis
» Qu'il m'a tant reproché de n'avoir pas suivis.
» Une torche à la main, la sanglante Bellone
» A Pergame conduit la rivale d'OEnone (*g*),
» Pour dot, au vil Troyen épris de ses appas,
» Portant le déshonneur, la guerre et le trépas!
» La voilà, sur la poupe assise, triomphante;
» Elle rit des malheurs que son caprice enfante!

« J'entends le cri de Mars ; je vois mille vaisseaux
» Implorer tous les vents, fatiguer tous les flots ;
» C'est peu que, pour servir leurs fureurs homicides,
» La Grèce conjurée, à la voix des Atrides,
» Se lève toute entière ; on veut, on cherche encor
» Un enfant, qui, dit-on. peut seul combattre Hector (*g*) ;
» A la mer, à la terre, au plus secret asyle,
» On court, au nom des Grecs, demander mon Achille !
» Que dis-je ? il les prévient, il demande Ilion !
» Et j'ai pu, pour berceau, lui donner Pélion !
» Et ce fils, que poursuit la gloire qu'il adore,
» J'ai pu le confier à l'antre d'un Centaure !
» Là, sans doute, il apprend à donner le trépas :
» Sa parure est un fer, ses jeux sont des combats :
» Héros enfant, déjà son adresse cruelle
» Agite, en se jouant, la lance paternelle !
» O tardives frayeurs ! inutile courroux !
» Je pouvais (et qui donc a retenu mes coups ?)
» Quand Pâris, par le crime entraîné vers Mycène,
» Osa souiller les flots dont je suis souveraine,
» Je pouvais, poursuivant ses vaisseaux ravisseurs,
» Grossissant mon courroux du courroux de mes sœurs,
» L'accabler, engloutir, sous l'onde vengeresse,
» Et son crime, et les maux que prévoit ma tendresse.
» Maintenant même, ... hélas ! l'outrage est consommé,
» Et déjà ton flambeau, vengeance, est allumé !
» N'importe, recourons aux filles de Nérée,
» Implorons l'Océan : mère désespérée,
» Du second Jupiter embrassant les genoux,
» J'irai le supplier, par les noms les plus doux,
» Par son fils, par les pleurs que le destin m'apprête,
» D'accorder à Thétis..... une seule tempête (*i*). »

La déesse achevait de prononcer ces mots,
Lorsqu'à ses yeux s'offrit le souverain des flots.
Ce dieu (l'instant semblait propice à sa prière)
Quittait de l'Océan la table hospitalière.
Son front majestueux, mais aimable et serein,
Brille, et retrace encor la gaieté du festin.
A son auguste aspect, les orages s'appaisent,
L'horizon s'éclaircit, les aquilons se taisent ;
Zéphire souffle seul ; le trompette des mers,
Triton, d'un chant plus doux fait résonner les airs,
Le dauphin caressant, et l'immense baleine,
Tout le peuple muet de la liquide plaine,
Bondissant, se roulant et plongeant tour-à-tour,
Par mille jeux divers, célèbrent son retour,
Et viennent saluer leur monarque suprême.
Lui, debout, sur un char qu'il dirige lui-même,
S'avance, environné de ces groupes joyeux :
A son trident soumis, ses coursiers orgueilleux
Repoussent, haletans, de leur large narine,
La vague qui s'attache à leur vaste poitrine,
Et leur croupe, en nageant, efface, derrière eux,
Le sillon imprimé sur les flots écumeux.
Thétis en l'abordant : « O roi des mers profondes,
» Vois à qui ta faiblesse ouvrit le sein des ondes :
» Le crime, à pleine voile, y vogue impunément,
» Depuis qu'on a franchi ce terrible élément,
» Depuis que de Jason l'audacieux navire,
» Premier usurpateur des droits de ton empire,
» Put commander aux vents et subjuguer les flots.
» Un lâche imitateur de ce brigand héros,
» D'un fameux différent l'arbitre téméraire,
» Immolant sa patrie à sa flamme adultère,

» Fend la vague complice avec tranquillité ,
» Fier d'un larcin surpris à l'hospitalité.
» Que de pleurs il prépare à la Grèce , à Pergame ,
» A moi surtout !... à moi !... si jamais sur ton ame
» J'eus quelques droits, Neptune , ô puissant dieu des eaux ,
» A l'instant, sous mes yeux , engloutis ces vaisseaux.
» La gloire de leur chef ne peut m'être opposée :
» Ceux-là ne portent point un Alcide, un Thésée (k).
» De ton empire encor si tu chéris l'honneur ,
» Engloutis-les : mais non , laisse agir ma fureur :
» Livre-moi l'océan : sur l'auteur de l'outrage
» Mon bras plus sûrement fera tomber l'orage :
» Une mère a le droit de s'armer pour son fils ,
» Et Neptune jamais n'a refusé Thétis. »
    En lui parlant ainsi , tremblante , désolée ,
Le regard suppliant , la tête échevelée ,
Elle oppose aux coursiers son sein nu , palpitant :
A s'asseoir près de lui Neptune l'invitant ,
Cherche à la consoler : son discours plein d'adresse
La flatte , mais ne peut rassurer sa tendresse.
    « Ne formez point , Thétis , l'inutile souhait
» D'engloutir sous les flots Pâris et son forfait :
» Le destin le défend : mon frère inexorable
» Ordonne qu'une guerre , à jamais mémorable ,
» Egalement fatale à deux peuples rivaux ,
» Enfantant, immolant des milliers de héros ,
» Ensanglante à la fois et l'Europe et l'Asie.
» Qu'il vous paraîtra grand , dans les champs de Phrygie !
» Comme il effacera tous les autres guerriers
» Ce fils , dont vous semblez redouter les lauriers !
» Quand il aura , de l'œil , mesuré ses murailles ,
» Qu'Ilion va pleurer d'illustres funérailles !

  » Vous le verrez, suivi de ses fiers bataillons,
  » Tantôt, de sang troyen inondant les sillons,
  » Du Scamandre effrayé, qui fuira vers sa source,
  » A force de carnage, embarrasser la course;
  » Tantôt, après son char, traîner le grand Hector,
  » Hector défiguré, mais menaçant encor,
  » Et remplacer bientôt, par d'affreuses ruines,
  » Des murs, qu'auront en vain bâtis ces mains divines (*l*)!
  » Ah! ne vous plaignez plus que le destin jaloux
  » Vous ait donné, déesse, un mortel pour époux!
  » Son fils vous paraîtra, dans sa gloire suprême,
  » Le fils de Jupiter, et Jupiter lui-même!
  » Si vos pleurs maternels doivent couler un jour,
  » L'auteur de votre deuil doit gémir à son tour;
  » Sur mes vastes états, la fille de Nérée
  » Reprendra tous ses droits, lorsque le Capharée,
  » Faisant briller au loin ses nocturnes flambeaux,
  » Sous l'onde, aux Grecs vainqueurs ouvrira leurs tombeaux,
  » Et, d'écueil en écueil, promenant son supplice,
  » De nos traits réunis, nous poursuivrons Ulysse (*m*). »
    Il dit : Thétis, baissant un œil triste et confus,
Dans ce discours flatteur, voit un cruel refus.
Sa fureur, à l'instant, veut perdre un téméraire;
Que dis-je? elle n'est point furieuse, elle est mère,
Et son inquiétude, à l'aspect du danger,
Veut prévenir son deuil, et non pas le venger.
La force est inutile, elle emploîra l'adresse.
    Vers des bords, que redoute et chérit sa tendresse,
Elle nage : trois fois ses bras fendent les eaux,
Trois fois son pied d'albâtre a repoussé les flots,
Déjà la Thessalie a revu la déesse.
Sa présence en ces lieux ramène l'allégresse;

Le vallon enchanté sourit à son aspect,
Et le mont orgueilleux s'incline avec respect;
Le gazon nuptial fleurit sur son passage (*n*);
Sperchius, pour la voir, a franchi son rivage (*o*),
Et craignant d'effleurer la trace de ses pas,
Roule amoureusement autour de ses appas.
Le front ceint de rameaux, les nymphes bocagères
Voltigent, au doux son de leurs flûtes légères;
Tandis que du Sylvain, du Faune impétueux
La gaîté se déploie en bonds tumultueux :
Tels, quand le Dieu du jour, quittant le sein de l'onde,
Remonte à l'horizon, et rend la vie au monde,
Les oiseaux, égayés par ses feux renaissans,
Pour fêter son retour, confondent leurs accens;
On les entend, sous l'orme, où le chœur se rassemble,
Gazouiller, croasser, crier, siffler ensemble :
Tandis que Philomèle, au chant mélodieux,
Module des accens, faits pour charmer les dieux,
Sur le rameau voisin, la pie, au dur ramage,
De son rauque gosier tire un rustique hommage,
Et plaît pourtant au dieu. qu'elle semble insulter;
Il sourit aux efforts qu'elle fait pour chanter.
Cette vive allégresse est mal récompensée;
Sombre, et d'un grand projet fatiguant sa pensée,
Thétis ne voit qu'Achille, et vole vers Chiron.
Sous un roc, où de loin semble assis Pélion,
S'ouvre et s'alonge en voûte une grotte profonde:
Pour en creuser les flancs, aussi vieux que le monde,
L'art avait secondé les longs efforts du tems :
A l'entrée, où sourit un éternel printems,
Par de rians tableaux la vue est arrêtée,
Et tout dit que les dieux l'ont jadis habitée.

On y retrouve encor leurs vestiges sacrés ;
Par leurs joyeux banquets des berceaux consacrés ;
Ici, pour le sommeil, des lits dressés par Flore,
Et là, pour le plaisir, des lits plus doux encore.
    Le lieu le plus sauvage et le plus retiré
Offre du vieux Chiron l'asyle révéré.
Tout y présente aux yeux des empreintes sévères,
Mais non l'aspect hideux des antres de ses frères ;
Là ne sont point ces traits rougis de sang humain,
Ces javelots rompus, au milieu d'un festin,
Ces coupes, mille fois par l'ivresse épuisées,
Et sur des fronts amis par la rage brisées (p) ;
Mais d'innocens carquois, mais des dards émoussés
Mais de vains monumens de ses exploits passés,
Des monstres des forêts les dépouilles antiques.
Par l'âge désarmé, des goûts plus pacifiques
Occupent aujourd'hui ses fructueux loisirs,
Et c'est dans ses vertus qu'il trouve ses plaisirs.
Sur l'animal souffrant, sa modeste science
Des puissans végétaux faisant l'expérience,
Prélude utilement à de plus grands bienfaits,
Ou, des premiers héros célébrant les hauts faits,
A son élève, épris d'un sublime délire,
Il apprend l'art divin de manier la lyre.
    Achille était absent : de ses rapides traits
Il poursuivait alors les monstres des forêts.
Une table frugale, avec soin préparée,
Un grand feu, dont la grotte au loin brille éclairée,
Du chasseur attendaient le retour incertain.
Le centaure croit voir Thétis dans le lointain ;
Il s'élance, étonné de ses forces nouvelles ;
Le plaisir au vieillard avait donné des ailes ;

Le sable, qu'il effleure avec rapidité,
Se fend, se brise, et cède à son agilité :
Il aborde Thétis ; d'une main caressante,
La flatte, fléchissant sa croupe complaisante,
Il l'invite à s'asseoir, et d'un pas diligent,
Lui-même l'introduit sous son toit indigent.
    L'inquiète Thétis, du coup-d'œil d'une mère,
A déjà parcouru la grotte toute entière ;
Elle ne l'y voit point !... Soudain : « que fait mon fils ?
» Tous ses pas, tous, par vous devaient être suivis :
» Pourquoi le laisser seul ? O funestes alarmes !
» M'auriez-vous présagé de véritables larmes ?
» Par des songes affreux tourmentant mon sommeil,
» Les dieux m'annonçaient-ils un plus affreux réveil ?
» Tantôt d'un fer sanglant j'écarte les blessures ;
» Tantôt je crois sentir les horribles morsures
» D'un serpent qui se glisse et siffle sur mon sein........
» Pour calmer ces frayeurs, j'ai formé le dessein
» De reporter mon fils aux rives infernales,
» Où le Styx redouté roule ses eaux fatales (q),
» De l'y plonger encor..... je n'en puis dire plus ;
» Ne perdons pas le tems en discours superflus,
» Rendez-moi mon Achille..... » Elle dit : sa prudence
L'abuse adroitement par cette confidence.
Jamais à sa demande il n'aurait consenti,
S'il avait su, si même il avait pressenti
Qu'à son illustre élève une aveugle tendresse
Destinât les habits que porte la faiblesse.
« De trop loin, lui dit-il, c'est prévoir les malheurs ;
» Mais, sans les partager je conçois vos frayeurs.
» Avide de périls, de gloire insatiable,
» Votre fils chaque jour devient plus indomptable :

» Jadis il m'écoutait; docile, obéissant,
» Il craignait ma menace, et, tout en rugissant,
» Ce lionceau, soumis à ma voix souveraine,
» De ma grotte, sans moi, ne s'écartait qu'à peine.
» Aujourd'hui, ni l'Ossa jusqu'aux cieux élancé,
» Ni Pélion, de rocs, de ronces hérissé,
» Ni tous ces monts neigeux, ni ces rochers de glace,
» Rien ne peut arrêter sa vagabonde audace.
» Ma grotte à chaque instant répète les clameurs
» D'un centaure indigné, dont ses jeunes fureurs
» Ont détruit les troupeaux, ont renversé l'asyle,
» Où d'un faune tremblant que, d'une course agile,
» Seul, à travers les flots, à travers les guérêts,
» Il poursuit, jusqu'au fond des plus sombres forêts.....
» Sur ces rives j'ai vu l'Argonaute intrépide,
» Castor, Pollux, Thésée et l'immortel Alcide;
» J'ai vu,... mais j'en dis trop;... la déesse pâlit.»
Pour augmenter l'effroi dont son cœur se remplit,
A grands cris, à grands pas, plein d'une ardeur guerrière,
Achille arrive enfin, tout couvert de poussière :
Mais tel qu'il est, le front dégoûtant de sueur,
Rembruni de fatigue et sombre de terreur,
Et malgré la poussière, et sous le poids des armes,
Superbe, sa figure offre encor mille charmes :
Son regard étincelle, et sur son col nerveux
Serpente, en longs anneaux, l'or de ses blonds cheveux :
Sur son jeune menton, un duvet près d'éclore
Fait deviner son sexe et marque son aurore :
Une grâce céleste ajoute à tant d'attraits,
Et sa mère se peint dans presque tous ses traits;
Tel on voit Apollon, quand, des bois de Lycie,
Il retourne vainqueur aux bosquets d'Aonie,

Et déposant son arc, terrible même aux dieux,
Reprend, en souriant, son luth harmonieux.
Achille alors, chargé d'une vivante proie,
(La beauté s'embellit des rayons de la joie)
Portait deux lionceaux, à leur mère ravis,
Et, d'un doigt agaçant, il excitait leurs cris,
En serrant, par degrés, leur griffe sans défense.
Dès qu'il voit sur le seuil sa mère qui s'avance,
Il les jette, il accourt, il tombe dans ses bras;
Son embrassement pèse et ne fatigue pas (r).
Thétis baise, et ces yeux où respire son père,
Et ce front qui déjà touche au front de sa mère.
Son compagnon fidèle, et l'ami de son cœur,
Patrocle est près de lui, sourit à son bonheur ;
Même âge, mêmes goûts, et ne formant qu'une ame,
Même destin encor les attend à Pergame !
Dans le crystal d'une eau qui jaillit tout près d'eux,
Achille court baigner son visage poudreux :
Il rit, en se voyant dans le miroir liquide.
Sa mère le contemple avec un œil avide,
Et, dans une cruelle et douce anxiété,
Le cœur tout à la fois heureux et tourmenté,
Redoutant un éclat, dont pourtant elle est fière,
Tour-à-tour s'applaudit, et gémit d'être mère.

Chiron, pour reculer l'instant, l'instant cruel
D'un adieu qui pour lui devait être éternel,
Invite la déesse à son repas modeste;
Elle accepte avec joie : eh ! quel banquet céleste
A ses yeux maternels aurait autant de prix?
Qu'importe le repas? Le convive est son fils.   556.

FIN DU PREMIER CHANT.

NOTES

DU PREMIER CHANT.

Pour la plupart de ces notes, qui sont purement mytho-logiques, j'aurais pu renvoyer mes lecteurs à l'excellent Dictionnaire de M. Noel, mais j'ai voulu leur épargner la peine d'y recourir.

(*a*) Promirent une gloire immense , et peu d'années.

Tout le monde sait par cœur ces vers par lesquels Achille , dans Racine , expose lui-même sa destinée et peint son caractère.

Les Parques à sa mère, il est vrai, l'ont prédit; etc.

(*b*) Fit redouter l'honneur de lui donner le jour.

Thétis, fille de Nérée et de Doris , était la plus belle des Néréides ; Apollon, Neptune, et Jupiter lui-même vou-laient l'épouser ; mais sur la foi d'un ancien oracle, annon-çant que de Thétis naîtrait un fils qui serait plus grand que son père, les dieux cessèrent leurs poursuites, et aban-donnèrent la nymphe à Pelée, roi de Phtie en Thessalie.

(*c*) D'Achille aux pieds légers tu chantas la vengeance.

J'ai cru devoir conserver cette épithète *aux pieds légers* , et plus bas celle de l'*homicide Hector,* parce qu'elles sont en quelque sorte consacrées par le Ποδας ωκυς, et ανδροφονος si fréquemment répétés dans Homére.

(*d*) Ne sera que la sœur du héros d'Ilion.

C'est en effet sous le nom de Pyrrha, sœur d'Achille, que Thétis présenta son fils à Lycomède, roi de Scyros.

(*e*) Et volez l'un par l'autre à l'immortalité.

Un journaliste a trouvé ce début trop emphatique, mais je le prie d'observer que ma Muse n'élève le ton en parlant d'Homére, que pour l'abaisser davantage quand elle parle d'elle-même ; que s'il y a dans les idées une grandeur que le sujet commande, il y a modestie dans le sentiment sans aucun faste dans l'expression.

(*f*) Des bords hospitaliers de l'heureuse Œbalie.

Nom que le pays de Lacédémone prit d'OEbalus, un de ses rois.

(*g*) A Pergame conduit la rivale d'Œnone.

Dans le tems que Pâris était sur le mont Ida, réduit à la condition de berger, il se fit aimer d'OEnone, qu'il abandonna ensuite pour Hélène.

(*h*) Un enfant, qui, dit-on, peut seul combattre Hector.

Les oracles avaient prédit qu'on ne prendrait jamais Troye sans le secours d'Achille.

(*i*) D'accorder à Thétis... une seule tempête.

Comme j'ai presque traduit littéralement ce discours de

Thétis, je transcris ici le texte, qu'on lira sans doute avec plus de plaisir que ma traduction.

> Me petit, hæc mihi classis, ait, funesta paratur!
> Agnosco monitus et Protea vera locutum.
> Ecce novam Priamo, facibus de puppe levatis,
> Fert Bellona nurum : video jam mille carinis
> Ionium AEgeum que premi; nec sufficit, omnis
> Quod plaga Grajugenum tumidis conjurat Atridis,
> Jam pelago, terris que meus quæretur Achilles;
> Et volet ipse sequi : quid enim cunabula parvo
> Pelion, et torvi commisimus antra magistri?
> Illic, ni fallor, Lapitharum prælia ludit
> Improbus, et patriâ jam se metitur in hastâ.
> O dolor! o seri materno in corde timores!
> Non potui, infelix, cum primùm in gurgite nostro
> Rhetææ cecidere trabes, attollere magnum
> AEquor, et incesti prædonis vela, profundâ
> Tempestate sequi, cunctas que inferre sorores?
> Nunc quoque... sed tardum est; jam plena injuria raptæ.
> Ibo tamen, pelagi que deos, dextram que secundi,
> Quod superest, complexa Jovis, per Thetyos amnes
> Grandævum que patrem, supplex, miseranda, rogabo
> Unam hyemem.

(k) Ceux-là ne portent point un Alcide, un Thésée.

On nomme Hercule et Thésée parmi les cinquante-deux héros qui s'embarquèrent sur le vaisseau *Argo*, pour aller en Colchide conquérir la Toison d'or.

(l) Des murs qu'auront en vain bâtis ces mains divines.

On rapporte que Neptune, chassé du ciel avec Apollon pour avoir conspiré contre Jupiter, bâtit les murailles de Troye, et que ce fut pour se venger de la perfidie de

Laomédon qui l'avait frustré de son salaire, qu'il concourut dans la suite à les renverser.

(*m*) De nos traits réunis nous poursuivrons Ulysse.

Après la prise de Troye, la flotte des Grecs revenant en Aulide fut battue d'une affreuse tempête, qui en dispersa une partie, et jeta le reste sur les côtes d'Eubée. Nauplius qui en avait eu avis, voulant venger la mort de son fils Palamède, qui avait péri victime des artifices d'Ulysse, fit allumer la nuit des feux parmi les rochers dont son isle est environnée, dans le dessein d'y attirer les vaisseaux des Grecs et de les voir périr contre cet écueil : les vaisseaux s'y brisèrent en effet; une partie des Grecs se noya; une autre partie, ayant gagné le rivage avec beaucoup de peine, fut assommée par l'ordre de Nauplius : mais Ulysse échappa à la vengeance de ce prince, qui, de désespoir, se jeta dans la mer.

(*n*) Le gazon nuptial fleurit sur son passage.

C'est sur le mont Pélion, en Thessalie, que furent célébrées les noces de Thétis et de Pélée.

(*o*) Sperchius pour la voir a franchi son rivage;

Sperchius était un fleuve de la Thessalie.

(*p*) Ces coupes mille fois par l'ivresse épuisées.

Aux noces de Pirithoüs et d'Hyppodamie, les Centaures qui s'étaient enivrés, prirent querelle avec les Lapithes, peuples de la Thessalie; on en vint aux mains dans le lieu même du festin; les Centaures furent d'abord mis en fuite,

mais ils revinrent plus nombreux, et obligèrent leurs vainqueurs à fuir à leur tour.

(*q*) De reporter mon fils aux rives infernales.

Dans Stace, Thétis prétexte le dessein de transporter son
fils aux extrémités de l'océan, pour le plonger dans une
eau lustrale; mais j'ai cru qu'il était plus naturel de lui
supposer le dessein de le plonger de nouveau dans le Styx,
où elle devait regretter de ne l'avoir pas plongé tout entier.

(*r*) Son embrassement pèse et ne fatigue pas.

Stace a dit : *Jam gravis amplexu;* je crois avoir ajouté
à son idée.

FIN DES NOTES DU PREMIER CHANT.

CHANT SECOND.

Tandis que le Centaure, aux yeux de la déesse,
De son luxe sauvage étale la richesse,
Aux présens de Bacchus, aux tributs des forêts,
Joint les dons de Pomone et les dons de Cérès,
Va, vient, dispose tout, plus empressé qu'agile,
Sur un trône de mousse, assise auprès d'Achille,
Thétis, ingénieuse à croître son tourment,
Veut que l'enfant héros raconte longuement
Dans quel art, par quels soins, son gouverneur austère
Instruit ses premiers ans, forme son caractère;
Quels jeux on lui permet; dans son cœur vierge encor,
De quel heureux penchant on seconde l'essor;
Comment Chiron punit, comment il récompense;
Elle veut qu'il remonte à sa première enfance;
Qu'à son inquiétude il ne déguise rien,
Qu'il lui redise encor ce qu'elle sait trop bien.
Achille embarrassé se tait, rougit, balance,
Un baiser l'encourage à rompre le silence.
    « Quand, du sein maternel, porté dans ce séjour
  » Où mes premiers regards ont essayé le jour,
  » Ce vieillard vertueux, que votre fils révère,
  » Eut daigné m'accueillir, on dit qu'un soin sévère
  » De ma bouche écarta ce nectar nourricier, (a)
  » Doux tribut qu'une mère aime tant à payer,
  » Et tous ces alimens, vulgaire nourriture,
  » Qu'offre aux faibles humains l'indulgente nature;

2

» Au cri de mes besoins, sans cesse renaissans,
» Ni Cérès, ni Bacchus n'apportaient leurs présens,
» Mais des lions, des ours, mes lèvres dévorantes
» Suçaient le sang, pressaient les chairs encor vivantes ;
» Et ce repas sauvage, il fallait l'acheter !
» Sur les pas du Centaure, il fallait affronter
» D'une mer en courroux l'effrayante menace,
» Le fracas d'un torrent qui, sur des monts de glace,
» De rochers en rochers, tombe, écume et mugit,
» Rire au tigre qui gronde, au lion qui rugit,
» Ou, seul, d'une forêt profonde, spacieuse,
» Contempler, sans pâlir, l'horreur silencieuse.
» D'une armure, bientôt, mon corps soutint le poids,
» Mon bras un bouclier, mon épaule un carquois ;
» Bientôt je marchai ceint de ma première épée,
» Et je la rapportai d'un noble sang trempée ;
» Je bravais des saisons les outrages divers,
» L'air brûlant des étés, la glace des hivers ;
» Sur un lit de duvet, bercé par la mollesse,
» Jamais un doux concert n'endormit ma paresse ;
» Sur la pointe d'un roc j'aimais à sommeiller,
» Et le bruit des torrens ne pouvait m'éveiller.
» Ainsi coulaient, pour moi, les beaux jours de l'enfance,
» Ainsi je préludais à mon adolescence.
» J'appris alors à vaincre un coursier indompté :
» Sur sa croupe rebelle, avec orgueil, monté,
» Tantôt je devançais les cerfs, ou le Lapithe
» Qui, d'un pas effrayé, précipitait sa fuite ;
» Et tantôt je suivais, d'un élan aussi prompt,
» Le vol d'un trait ailé qu'avait lancé Chiron.
» Souvent, dans la saison au repos consacrée,
» Quand, du fleuve engourdi, le rigoureux Borée (b)

» A peine avait fixé le cristal frémissant,
» Un regard de Chiron, sur ce miroir glissant,
» M'ordonnait de courir, sans que mon pas agile
» Blessât, en l'effleurant, son écorce fragile.
» C'était-là mes plaisirs ; dirai-je mes combats,
» Mes dangers, Pélion dépeuplé par mon bras,
» Et ses bois étonnés de leur vaste silence ?
» Je n'aurais point osé déshonorer ma lance,
» En frappant ou le Lynx qui me voit, tremble et fuit,
» Ou le Cerf innocent qu'effarouche un vain bruit ;
» Il fallait braver l'Ours à la forme effrayante,
» Le Sanglier, armé de sa dent foudroyante, (c)
» D'un carnage récent le tigre ensanglanté ;
» Ce n'était rien ; d'Alcide émule redouté,
» Il fallait terrasser une lionne mère,
» De son corps hérissé défendant son repaire,
» Roulant, d'un air affreux, ses regards menaçans,
» Epouvantant l'écho de ses rugissemens :
» Le Centaure attendait, juge de mon courage,
» Que du monstre expiré je lui fisse l'hommage ;
» Il fallait, d'un souris pour obtenir l'honneur,
» Que ma lance sanglante attestât ma valeur.
    » Enfin l'âge m'ouvrit une digne carrière :
» J'appris, je dévorai la science guerrière :
» Tous les secrets de Mars furent bientôt les miens ;
» Bientôt je maniai l'arme des Péoniens,
» Le dard que, d'un bras sûr, lancent les Massagètes,
» Et le fer recourbé qu'ont inventé les Gètes,
» Et l'arc, dont le Gélon marche toujours armé.
» Aux jeux sanglans du ceste enfin accoutumé,
» J'aurais pu défier le Sarmate intrépide.
» J'appris jusqu'à cet art vulgaire, mais perfide,

» De lancer un caillou, qui, trois fois balancé,
» S'échappe, siffle, et vole au but qu'on a fixé.
» Mais, tout récents qu'ils sont, à peine ma mémoire
» Peut rappeler, vous-même à peine pourriez croire
» A quels travaux divers je me plais exercé.
» Chiron parle, et soudain, d'un immense fossé
» Mon vaste élan franchit et joint les deux rivages ;
» Chiron parle, et courant sur ces rochers sauvages
» Où croît la ronce, où vit le reptile odieux,
» Je m'élance au sommet d'un mont voisin des cieux,
» Aussi rapidement que je rase une plaine.
» D'un éclat de rocher, qu'il soulève avec peine,
» Chiron arme sa main, me défie au combat,
» Il le lance ; j'attends, intrépide soldat,
» Et sur mon bouclier solide, impénétrable,
» Je reçois, en riant, le choc épouvantable.
» J'arrête, seul, à pied, quatre coursiers fougueux
» Faisant, d'un vol égal, rouler un char poudreux.
» J'arrache, d'une main courageuse et prudente,
» Les débris enflammés d'une chaumière ardente.
» Il m'en souvient, grossi de cent tributs nouveaux,
» Le Sperchius roulait plus rapide, et ses eaux
» Jaillissaient en torrent : dans le lieu même où l'onde
» Avec plus de fureur, bondit, écume, gronde,
» Chiron veut que, debout, d'un pied victorieux,
» Défendant le passage aux flots séditieux,
» J'ose soutenir, seul, l'effort de la tempête.....
» Il est là, l'œil ardent, suspendu sur ma tête,
» M'exhorte, m'applaudit, me gourmande à la fois,
» Me défend de céder. J'obéis à sa voix,
» Et du fleuve indigné, que l'obstacle tourmente,
» Je repousse, vainqueur, la furie écumante.

« Tant les plus grands périls offerts à ma valeur,
« Sous les yeux d'un tel juge, ont d'attraits pour mon cœur!
» Quand j'ai, par ces travaux, aguerri mon audace,
» A des travaux plus doux ma vigueur se délasse ;
» D'une robuste main, quelquefois, vers les cieux,
» Je m'amuse à lancer le disque ambitieux,
» A l'aimable Hyacinthe amusement funeste !
» Mes jeux sont les combats de la lutte et du ceste ;
» Sur ma lyre, je chante, en vers mélodieux,
» Les exploits des héros ou les bienfaits des dieux.
» Chiron, qui daigne aussi cultiver ma mémoire,
» Aux talents d'un soldat ne borne point ma gloire ;
» Il m'explique le monde, et les ressorts divers,
» Par qui tout est, se meut, agit dans l'univers ;
» Des peuples, avec lui, déroulant les annales,
» J'y vois leurs mœurs, leurs lois, leurs discordes fatales,
» Leurs succès, leurs revers et leur chute.... j'apprends,
» Mais pour les détester, les noms de leurs tyrans.
» Sa prudence a voulu m'initier encore
» Aux utiles secrets que le dieu d'Epidaure,
» Pour le soulagement des malheureux humains,
» A confiés, dit-on, à ses savantes mains.
» Des simples, dont les dieux ont semé cette plage,
» Il m'enseigne les noms, les vertus et l'usage ;
» Par quel art on endort le trait de la douleur,
» Ou du sang trop actif on tempère l'ardeur ;
» Sur des yeux fatigués, par quel charme, on rappelle
» Le sommeil qui les fuit, inconstant ou rebelle ;
» Comme on ferme une plaie ; enfin quels accidents
» Exigent des secours hasardés ou prudents ;
» De l'acier rigoureux ou le prompt ministère,
» Ou des doux végétaux la lenteur salutaire.

» Chiron me fraye ainsi le chemin du bonheur,
» Mais il veut que j'y marche au flambeau de l'honneur.
» Il m'apprend, et lui-même est mon premier modèle,
» A consulter toujours la justice éternelle,
» A dompter mon orgueil et mon ressentiment,
» A ne trahir jamais les lois ni mon serment,
» A choisir mes amis, à leur être fidelle,
» A chérir ma patrie, à m'immoler pour elle,
» Sur-tout à révérer, par de pieux tributs,
» Le ciel qui fait, soutient, couronne les vertus.
» Mon cœur n'a pas besoin des leçons du Centaure
» Pour payer, avec joie, une autre dette encore ;
» Je regarde ma mère, et son auguste aspect
» Me commande, à la fois, l'amour et le respect. »
    Ces mots, accompagnés du plus charmant sourire,
Pour le cœur de Thétis, sont comme un doux Zéphire
Succédant, tout-à-coup, aux Autans furieux ;
Elle avait expié son désir curieux,
Tandis qu'il racontait, d'un air fier, intrépide,
Tous ces jeunes exploits, rivaux de ceux d'Alcide ;
Thétis, plus d'une fois, avait pâli ; son cœur
Avait, plus d'une fois, maudit son gouverneur.
Il ne racontait plus, elle le voit encore
Dormir sur une roche, ou, devançant l'Aurore,
Terrasser un lion, arrêter un torrent ;
Sur la glace incertaine, elle le voit courant ;
Elle voit le Centaure, au moment qu'il soulève
L'affreux caillou qu'attend son immobile élève,
Un cri part de son cœur, et, sur ce cœur glacé
Tombe l'énorme roc que Chiron a lancé.
Son esprit se retrace avec inquiétude
Et ses premiers penchants, et sa première étude,

Ses rapides progrès dans les travaux de Mars ,
Son ardeur indomptable à braver les hasards ,
Le prix dont il achète un regard de son maître ,
Moins encor ce qu'il est que ce qu'il promet d'être.
Ces présages brillans de la gloire d'un fils
Rembrunissaient le front de la sombre Thétis ,
Quand Chiron , dont la main industrieuse , active ,
Avait tout préparé pour l'auguste convive ,
Offrit , en s'excusant , à ses regards distraits ,
Un repas dont son cœur avait seul fait les frais.
Vainement la déesse affecte un air tranquille ;
Elle redevient mère en regardant Achille.
Chiron saisit un luth , dont jadis , en ces lieux ,
Même après Apollon , il sut charmer les Dieux ;
Il en tire des sons qui , par leur mélodie ,
Chassent les noirs enfans de la mélancolie ,
Et dans l'ame , rouverte à l'espoir enchanteur ,
Versent les doux rayons d'un jour consolateur.
Ses doigts déjà glacés , mais flexibles encore ,
Courent légèrement sur l'instrument sonore ,
Et de ses tons divers , par un prélude heureux ,
Quand son art a fixé l'accord harmonieux ,
Aux mains de son élève il le dépose.... Achille
Chante aussi-tôt la gloire , et la lyre docile ,
Egalant son audace à leurs nobles travaux ,
Jusqu'aux cieux étonnés élève les héros ;
Alcide , dont Junon crut lasser la constance ,
Et qui de Junon même a lassé la vengeance ;
Pollux , rival d'Alcide , en valeur , en vertus ,
De son ceste abattant le féroce Amycus ; (d)
Thésée , armé d'un fil , guide de son courage ,
Du monstre de la Crète affrontant , seul , la rage ,

Tant d'autres qui, pour prix de leurs faits immortels,
Des dieux, qu'ils imitaient, partagent les autels.
Pour égayer les sons de sa lyre sévère,
Achille termina par l'hymen de sa mère;
Il peignit tous les dieux, précédés par les ris,
De l'Olympe jaloux désertant les lambris,
Et Pélion, témoin, d'une si belle fête,
Sous le fardeau divin, fier de courber sa tête,
Ici Thétis sourit : d'un sourire forcé
Le rayon fugitif est bientôt éclipsé.

Mère du doux sommeil, d'un long crêpe voilée,
La Nuit roulait son char sous la voûte étoilée;
Le vieillard sur son roc déjà s'est étendu;
Son élève s'endort, à son col suspendu :
Dans ses bras, sur son sein, sa mère en vain l'appelle,
Au roc accoutumé le héros est fidèle;
Il trouve, exempt de soins, sur son âpre sommet,
Le sommeil, qui souvent nous fuit sur le duvet.
Thétis veille à l'écart, et, dans un sûr asyle,
Elle rêve au moyen de cacher son Achille :
Mille projets confus, mille climats divers,
A son esprit troublé déjà se sont offerts;
La Thrace n'est pas loin, mais le dieu de la guerre
Y règne, et ce nom seul fait pâlir une mère :
Le sauvage habitant des rives de Pella (e)
Plairait trop à son fils, si sauvage déjà!
Chez les Athéniens, peuple amant de la gloire,
Ivre du vain orgueil de vivre en la mémoire,
Au prix de tout son sang, il se croirait heureux,
S'il achetait l'honneur d'être loué par eux; (f)
Sestos est plus modeste, Abydos plus tranquille, (g)
Mais elle offre aux vaisseaux un abord trop facile;

Mycon, l'humble Seriphe, à son esprit flottant
Présentent un espoir qui s'envole à l'instant ;
Elle craint, et Lemnos des époux redoutée, (*h*)
Et Délos, par les Grecs en tout temps fréquentée…,… (*i*)
Sur son char azuré, fendant un jour les flots
Qui battent, en grondant, les rochers de Scyros,
Elle avait entendu, sous son abri sauvage,
De chants voluptueux retentir le rivage ;
Lycomède y régnait. Dans sa paisible cour,
Ses filles, qu'elle prit pour les sœurs de l'Amour,
Parmi les jeux, sous l'œil de l'aimable décence,
Goûtaient ces plaisirs purs que donne l'innocence ;
Voilà l'asile heureux qu'elle implora long-tems !
Tel un oiseau qui cherche, au retour du printems,
Pour sa tendre couvée, un abri tutélaire,
De bosquets en bosquets, voltige solitaire ;
Des fruits, douteux encor, d'un hymen clandestin
A quel arbre doit-il confier le destin ?
Sur quel rameau faut-il que son amour bâtisse
De leur frêle berceau le mobile édifice ?
Il craint des noirs Autans le souffle impétueux ;
Il craint l'assaut furtif du serpent tortueux,
Il craint l'homme ; un buisson, dans un lieu bien sauvage,
D'un rempart verdoyant lui présente l'ombrage,
Et ce buisson, déjà confident de ses feux,
Fixe son choix, son vol, son espoir et ses vœux.
    Un autre soin encor tourmente la déesse.
Au rivage ignoré, qu'a choisi sa tendresse,
Comment porter son fils, sans bruit et sans danger ?
Pour des bras maternels c'est un fardeau léger.
Des vents officieux faut-il emprunter l'aile ?
Ou le dos complaisant de son Triton fidèle !

Ou le secours d'Iris , qui , vivant de vapeurs ,
Pompe , du sein des mers , ses brillantes couleurs ?
Elle voit deux dauphins , son geste les appelle ;
Bientôt un frein de pourpre à son char les attèle.
Neptune , en parcourant ses immenses troupeaux ,
Chercherait vainement deux dauphins aussi beaux ,
Plus agiles , plus doux , et plus amis de l'homme ,
C'est cet aimable instinct sur-tout qui les renomme.
La sensible Thétis , qui redoute pour eux
Le contact ennemi du gravier rocailleux ,
Tient leur zèle captif assez loin du rivage ;
Et soudain , revolant vers la grotte sauvage ,
Où l'attend le Centaure , à ses désirs rendu ,
Elle saisit son fils sur le roc étendu ,
Goûtant profondément ce sommeil de l'enfance ,
Premier bien que l'on perd en perdant l'innocence ;
Les yeux fixés sur lui , mais n'osant lui parler ,
Avare de baisers qui pourraient l'éveiller ,
Dans son cœur palpitant d'une joie incertaine ,
Éprouvant des transports , que sa frayeur enchaîne ,
Tour-à-tour suspendant , précipitant ses pas ,
Et conjurant les flots de murmurer plus bas ,
Elle fuit : de sa fuite et témoin et complice ,
Phébé de ses rayons double l'éclat propice ;
Des dauphins empressés le dos officieux
Est prêt à recevoir son larcin précieux ;
De ses vœux , de ses pleurs , le crédule Centaure
L'accompagne ; il est loin de soupçonner encore
Qu'il ne reverra plus l'objet de tant de soins ;
L'espoir d'un prompt retour le console , et du moins
Il craint peu le naufrage ; en fendant l'onde amère ,
Achille voyageait sur le sein de sa mère ;

Le char est déjà loin, mais ses gestes, ses yeux,
Répètent ses regrets, redisent ses adieux;
Au rivage attaché, sur sa croupe docile,
Le Centaure se dresse, et regarde immobile,
Tant qu'il croit voir encor, sur l'humide élément,
Du char, qu'il ne voit plus, un vestige écumant,
Tant qu'un dernier sillon en conserve la trace,
Et n'a point disparu sous le flot qui l'efface.
    Aux bords Thessaliens, Achille était aimé :
De son départ le bruit à peine est-il semé,
Ces bords heureux, qu'avait embellis sa présence,
Languissent attristés de sa soudaine absence ;
Tempé de ses vallons perd l'éclat verdoyant;
L'onde du Sperchius gémit en s'enfuyant ;
Pholoé, dont souvent il égaya l'ombrage, (k)
De ses forêts en deuil rembrunit le feuillage ;
De ses premiers exploits confident orgueilleux,
Le sombre Othrys élève un front plus sourcilleux ; (l)
Écho du vieux Chiron fuit la grotte muette ;
Les Faunes, dont Achille inspirait la musette,
N'entendant plus ses chants, ont oublié les leurs;
Et, dans son lit désert, plus d'une Nymphe en pleurs,
Qui s'était au héros en secret destinée,
Voit s'envoler l'espoir d'un superbe hyménée.

FIN DU CHANT SECOND.

NOTES

DU SECOND CHANT.

(*a*) **De ma bouche écarta ce nectar nourricier.**

Achille, en grec, signifie *qui n'a point teté*, et c'est peut-être ce qui a fait supposer qu'il n'avait été nourri que de cervelles de lions, d'ours, etc., etc.

(*b*) **Quand du fleuve engourdi le rigoureux Borée**

Stace a dit : *Sæpe etiam primo fluvii torpore.*

(*c*) **Le sanglier armé de sa dent foudroyante.**

Quelques personnes ont blâmé cette épithète, mais je me suis cru autorisé par Stace, qui a dit *fulmineos que sues*. Il a voulu peindre sans doute le prompt et terrible effet de la dent du sanglier.

(*d*) **De son ceste abattant le féroce Amycus.**

Amycus, fils de Neptune et roi des Bebrices, obligeait tous les étrangers qui abordaient dans ses états à se battre contre lui à coups de ceste, et tuait ses antagonistes après les avoir vaincus ; mais enfin il succomba lui-même sous les coups de **Pollux.**

(*e*) **Le sauvage habitant des rives de Pella.**

Petite ville de Macédoine, immortalisée par la naissance d'Alexandre.

(*f*) S'il achetait l'honneur d'être loué par eux.

Allusion au mot d'Alexandre, qui, au milieu de ses conquêtes, s'écriait: ô Athéniens, combien il en coûte pour être loué par vous!

(*g*) Sestos est plus modeste, Abydos plus tranquille.

Deux villes situées sur les bords de l'Hellespont, l'une en Europe, l'autre en Asie, toutes deux fameuses par la tragique aventure de Léandre et de Héro.

(*h*) Elle craint, et Lemnos des époux redoutée.

Cette isle est célèbre par le complot que les Lemniennes formèrent contre leurs époux, qu'elles égorgèrent pendant une nuit, à l'exception de Thoas, roi de l'isle, qui fut sauvé par sa fille Hypsipile.

(*i*) Et Délos par les Grecs de tout tems fréquentée.

A cause de son oracle.

(*k*) Pholoé dont souvent il égaya l'ombrage.

Montagne de Thessalie, séjour ordinaire des centaures.

(*l*) Le sombre Othrys élève un front plus sourcilleux.

Autre montagne voisine de Pholoé.

FIN DES NOTES DU SECOND CHANT.

CHANT TROISIÈME.

Déja le Dieu du jour, sur les flots colorés,
Laissait poindre l'éclat de ses rayons dorés ;
Ses humides coursiers, que précède l'Aurore,
Pressent l'astre des nuits, qui sur eux pèse encore ;
Lui-même, par degrés, reconquérant les cieux,
Développe l'orgueil de son front radieux,
Monte, s'élance, et l'œil, qui le suit dans la nue,
Croit voir tomber la mer à son char suspendue (a).
   Aux rives de Scyros, où l'attendait l'amour,
L'inquiète Thétis a devancé le jour ;
Ses dauphins, las du joug, mais fiers de leur fatigue,
Fiers des remercîmens que sa voix leur prodigue,
Vont, libres et joyeux, se perdre au sein des flots.
Achille, de Morphée écartant les pavots,
S'agite ; il sent le jour glisser sous sa paupière,
Il l'entrouvre, ébloui de sa vive lumière ;
Quels bords ! quels flots ! son œil demande Pélion,
Demande Ossa, Tempé, Sperchius et Chiron,
Tout a fui ; dans son trouble il méconnaît sa mère.
En reproches déjà s'exhalait sa colère ;
Mais Thétis le prévient, et d'un ton caressant,
Elle oppose ces mots à son courroux naissant :
   « Si le sort, sur mes droits, réglant mon hyménée,
» N'avait point oublié de quel sang je suis née,
» Je pourrais aujourd'hui, tranquille dans les cieux,
» Orgueilleuse d'un fils, digne race des Dieux,

» A tes brillans destins te livrant sans alarmes ,
» De la maternité ne sentir que les charmes.
» Je ne craindrais pour toi ni périls , ni revers ,
» Ni du fatal ciseau les caprices divers.
» Mais , au pur sang des Dieux mêlant un sang profane ,
» Puisqu'un père mortel à la mort te condamne ,
» Recule au moins l'instant qui doit causer mon deuil.
» Tes jours sont menacés , fais taire ton orgueil ,
» Daigne , pour m'épargner une douleur amère ,
» Te parer des habits dont se pare ta mère. . . . .
» Hercule , comme toi , héros dès le berceau ,
» Aux pieds d'une mortelle a tourné le fuseau ;
» Bacchus traîne , et l'Olympe a connu son audace ,
» Une robe à plis d'or , qu'il déroule avec grace ,
» Et Jupiter , des Dieux est-il moins redouté ,
» Pour avoir un instant voilé sa majesté ,
» Sous les traits ingénus d'une vierge timide ?
» Que de ces immortels l'exemple te décide :
» Comme toi , le danger ne les excusait pas ;
» Ils cherchaient le plaisir , et tu fuis le trépas ;
» Ils cédaient à l'amour , tu cèdes à ta mère.
» Aux menaces du sort consens à te soustraire.
» Bientôt je te rendrai tes antres , tes forêts ,
» Et ces sauvages monts , pour toi si pleins d'attraits.
» Mon Achille ! mon fils ! c'est moi , moi qui t'implore !
» Par cet éclat naissant dont brille ton aurore ,
» Par tous ces dons heureux où mon cœur se complaît ,
» Par les plaisirs nouveaux que l'âge te promet ,
» Si , pour toi , j'oubliai mon rang , si ta naissance
» Consola mon orgueil d'une obscure alliance ;
» Si , tremblante pour toi , dès que tu vis le jour ,
» Je courus , affrontant le ténébreux séjour ,

» Te plonger dans les flots du Styx inexorable,
» Espérant, tout entier, te rendre invulnérable,
» Si j'ai tout fait pour toi, mon fils, prends ces atours,
» Qui, sans blesser ta gloire, assureront tes jours.
» Tu rougis, tu pâlis : d'une telle parure
» Ton regard indigné semble accuser l'injure.....
» Ah ! j'en jure par toi, mon fils, ô mon seul bien,
» Je jure que jamais Chiron n'en saura rien ».
De ce discours adroit bien loin d'être touchée,
La fierté du héros s'irrite effarouchée :
Le reproche à la bouche, et la rougeur au front,
D'une molle parure il repousse l'affront.
Thétis conjure en vain, gémit, se désespère ;
A ses vœux, à ses pleurs il oppose et son père,
Et l'austère Centaure, et le cri de l'honneur,
Et cet instinct sacré, ces élans d'un grand cœur,
Qui, déjà tourmenté du besoin de la gloire,
Dévore l'avenir, et rêve la victoire.
Tel, à la main qui veut enchaîner sa fierté,
S'échappe, impatient, un coursier indompté,
Qui, libre, impétueux, d'une ardeur vagabonde,
Tantôt foulait les prés, tantôt plongeait dans l'onde :
D'une riche vallée orgueilleux souverain,
Il fuit rebelle au joug, il fuit rebelle au frein,
Et s'étonne de voir des coursiers plus dociles
D'un lien flétrissant parer leurs fronts serviles.
   Lasse de supplier, Thétis veut menacer,
Contre un enfant ingrat feint de se courroucer,
Et sur le cœur d'Achille ose essayer la crainte :
Déjà même elle allait jusques à la contrainte,
Lui, plus prompt que l'éclair, à ses trop faibles mains
Echappe, court, gravit sur les rochers voisins,

Jette

Jette un œil égaré sur cette mer profonde,
Qui, terrible, à ses pieds roule, se brise, gronde ;
Furieux, hors de lui, dans le gouffre écumant,
Il s'élançait..... Il voit, en ce même moment,
D'un pas religieux, sur deux lignes rangées,
S'avancer vingt Beautés, de guirlandes chargées :
Filles de Lycomède, en ce jour solemnel,
Un usage pieux, du palais paternel,
Leur permet de sortir, et, sous les pas de Flore,
Quand le premier bouton dans les champs vient d'éclore,
A Pallas, qui défend ces bords hospitaliers,
Elles vont présenter leurs tributs printanniers,
A la chaste déesse offrent un chaste hommage,
Et de fleurs et de vœux entourent son image.
Une égale fraîcheur anime tous leurs traits,
Une parure égale embellit leurs attraits ;
Vierges, mais à cet âge, où l'ame se sent naître
A des plaisirs nouveaux, qu'elle craint de connaître,
Où contre le desir, qu'éveillent les amours,
La pudeur de l'hymen implore le secours ;
Toutes charment les yeux, mais autant Cythérée
Brille parmi ses sœurs, à la cour de Nérée (b),
Où Diane au milieu des Nymphes des forêts,
De cet aimable essaim reine, par les attraits,
Mais, par ses tendres soins, leur sœur et leur amie,
Autant, sans le savoir, brille Déidamie.
Les roses de son teint, l'or de ses blonds cheveux,
De douceur, de fierté font un mélange heureux,
Qui tempère l'éclat dont son œil étincelle,
C'est Pallas, ou plutôt on la prendrait pour elle,
Si Pallas, déposant son casque ensanglanté,
Laissait voir de son front la douce majesté,

Et, dépouillant son sein des serpens dont il s'arme,
De la beauté savait apprécier le charme.
Achille en un moment a connu son pouvoir ;
Sur tant d'attraits divers, qu'il ne peut qu'entrevoir,
Il porte un œil avide, et déjà dans son ame,
De veine en veine, court une rapide flamme.
Le trait, c'est le premier dont amour l'a blessé,
Pénètre dans son cœur, tout entier enfoncé ;
Par un contraire effet du feu qui le dévore,
Son visage enflammé soudain se décolore,
Il brûle, il tremble ; en proie à ses desirs naissans,
Vers la beauté qui, seule, embrâse tous ses sens,
Sans respecter la fête et le pieux cortège,
Et ces paisibles bords que Minerve protége,
Sans savoir ce qu'il veut, il voudrait s'élancer.....
Sa mère seule a pu le faire balancer.
Tel, lorsque sur son front, armé par la nature,
S'arrondit le croissant qui fera sa parure,
Dans un riant vallon, tel un jeune taureau,
Présomptif souverain d'un superbe troupeau,
S'il voit une compagne, à la robe d'ébène,
Au front de neige, errer au bord d'une fontaine,
Il s'arrête, saisi d'un doux frémissement ;
Son premier cri d'amour, en long mugissement,
Frappe l'écho ; d'amour sa narine écumante,
Avec l'air, qu'il embrâse, aspire son amante :
De ce présage heureux le laboureur charmé,
L'admire, et du troupeau le chef est proclamé.
Thétis contemple Achille, et s'applaudit de même
D'un changement qui va servir son stratagême ;
Du rocher, qu'il venait de gravir en courant,
L'œil baissé, l'air pensif, incertain, soupirant,

Il descendait : sa mère en souriant s'avance,
Et sans lui reprocher sa désobéissance :
« Eh bien ! est-ce à tes yeux le plus grand des malheurs,
» Que d'habiter parmi ces objets enchanteurs,
» De pouvoir, de plus près, admirer tant de charmes,
» De devenir leur sœur, et de porter leurs armes ?
» Sur les sommets glacés d'Ossa, de Pélion,
» Est-il plus doux de vivre avec l'ours, le lion,
» Que de vivre en ces lieux, d'y revivre peut-être.....
» Peut-être un jour l'hymen..... Oh ! si doublant ton être (c)
» Un Achille nouveau, sous mes yeux alaité,
» Doublait pour moi les soins de la maternité ! »
    Ce dernier vœu le flatte : une rougeur soudaine
Trahit l'espoir secret que son orgueil enchaîne ;
Ses yeux ardents, qu'il lève et baisse tour-à-tour,
Désarmés de courroux, étincellent d'amour ;
Il ne fuit plus : sa main repousse, plus légère,
Les superbes atours présentés par sa mère ;
Il veut, il ne veut plus : mais l'adroite Thétis
Sent bien qu'il faut vouloir, pour elle, et pour son fils ;
Sans lui rien demander, et sans qu'il en murmure,
Elle-même, avec art, ajuste sa parure,
En boucles, sur son front, assemble ses cheveux,
D'un voile transparent couvre ses bras nerveux,
Attache au cou d'un fils, qu'il pare mieux encore,
L'étincelant rubis dont son sein se décore,
Dégage mollement ses membres assouplis,
De sa robe flottante arrange tous les plis,
Enfin, d'une beauté douce, aimable et docile
Lui donne l'air, autant que peut l'avoir Achille (d).
Tel, sous ses doigts féconds, l'artiste créateur,
Quand il veut lui donner la vie et la couleur,

Façonne, étend, polit la cire obéissante.
On reconnaît Achille, à sa fierté naissante,
Mais sa beauté se prête à son déguisement,
Et, dans lui, l'œil trompé peut confondre aisément
Un sexe qu'on soupçonne, et que lui-même ignore,
Ou, sans Déidamie, ignorerait encore.
    Vers l'autel de gazon, où, des aimables sœurs
L'essaim s'était grouppé, comme un bouquet de fleurs,
Thétis conduit son fils; son active tendresse
Veille toujours sur lui, le flatte, le caresse;
Son regard inquiet, sur ses nouveaux atours,
Se promène, et sa voix lui répète toujours:
  » Ainsi donc (à me croire un doux attrait t'engage)
  » Ainsi tu régleras ton geste, ton langage;
  » Songe qu'un mot trop libre, un regard indiscret,
  » Fait, avec ton bonheur, échapper ton secret. »
En achevant ces mots, l'adroite Néréide
Aborde Lycomède et la troupe timide,
Dont les chastes attraits et les chants solemnels
Réjouissent l'oreille et les yeux paternels.
De la reine des eaux la vue inopinée
Remplit d'un saint effroi cette troupe étonnée;
Lycomède s'avance et s'incline humblement,
Il veut parler, mais elle, avec empressement:
  » Roi de Scyros, ô vous, le plus heureux des pères,
  » Rassurez, protégez la plus tendre des mères.
  » Voici la sœur d'Achille; aux éclairs de ses yeux,
  » A sa fierté sauvage, on la reconnaît mieux.
  » Comme son frère, avide et de gloire et d'alarmes,
  » D'une pesante armure elle eût pressé ses charmes;
  » Son audace guerrière implorait un carquois;
  » Fière amazone, afin de mieux suivre leurs lois,

» Trompant l'illustre espoir du sang dont elle est née,
» Elle bravait l'Amour, et fuyait l'hyménée.
» Mais Achille, déjà, me cause assez d'ennuis ;
» L'ingrat m'a fait passer d'assez cruelles nuits ;
» Que celle-ci, du moins, à son sexe fidèle,
» De plus douces vertus trouve ici le modèle ;
» Que, sur ces bords heureux, vivant parmi des sœurs,
» Elle accorde une lyre ou cultive des fleurs,
» Et qu'aux fêtes des Dieux, comme ses sœurs parée,
» Elle porte l'encens ou la coupe sacrée.
» Je vous cède mes droits, prenez aussi mon cœur ;
» Employez, s'il le faut, une sage rigueur ;
» Ne souffrez point qu'elle aille, à soi-même laissée,
» Dans l'épaisseur des bois, promener sa pensée ;
» Vous voyez qu'elle touche à cet âge, où, souvent,
» Le cœur aime à rêver, et s'égare en rêvant.
» Du rivage, sur-tout, qu'une défense austère
» L'écarte.... Tout-à-l'heure, un brigand adultère
» Sillonnait, sous mes yeux, les flots impunément.
» Autour de vos rochers, peut-être en ce moment
» Il voltige, épiant une nouvelle proie....
» Vous êtes père, enfin ; veillez, et craignez Troie.
    Le roi, qu'avaient flatté ces mots insidieux,
(Le moyen d'échapper aux embûches des Dieux!)
De l'honneur qu'il reçoit rend grace à la déesse,
Et son cœur s'applaudit du piége qu'on lui dresse.
Achille est accueilli. Les vierges de Scyros,
Sans art et sans soupçon, dans le jeune héros,
Ne pensent admirer qu'une vierge nouvelle,
Et leurs regards charmés la nomment la plus belle.
A ses mâles appas, cet hommage muet
Est le seul que d'abord offre un zèle discret,

Bientôt on s'enhardit , à la première place
On l'invite à s'asseoir , on l'entoure , on l'embrasse ,
Déjà le zèle éclate en éloges confus ,
Déjà l'aimable essaim compte une sœur de plus.
Tels , dans un jour d'été , les oiseaux d'Idalie ,
Loin des bois parfumés où Vénus les rallie ,
Quand ils planent de front , au milieu d'un ciel pur ,
Et d'un cercle d'argent en couronnent l'azur ,
Sur leur route jeté , si , d'un lointain rivage ,
Un autre oiseau , brillant d'une beauté sauvage ,
Dans l'escadron ailé soudain vient se ranger ;
D'abord surpris , frappé de son air étranger ,
On l'observe en silence , avec crainte on l'admire ;
Un doux instinct , vers lui , par degrés , les attire ;
Bientôt le nouvel hôte , avec pompe escorté ,
Au toit hospitalier en triomphe est porté.
    Enfin , il faut quitter cette rive chérie.
En saluant le roi , la déesse attendrie
Lui répète vingt fois : « Gardez bien mon trésor ! »
A son fils , qu'elle embrasse , elle murmure encor :
» Sois sage » et , se mêlant à l'adieu le plus tendre ,
Ce mot est le dernier qu'elle lui fait entendre.
    Elle part ; et déjà ses bras fendent les flots ,
Mais ses regards encor se tournent vers Scyros ;
Et sa voix , implorant sa rive solitaire ,
Lui recommande ainsi son fils et le mystère :
» Toi , qui possèdes seul mon ame et mon secret ,
» Bord chéri , sois heureux , mais sur - tout sois discret !
» Humble fille des eaux , reste encore ignorée ,
» Scyros ! tu vois la Crète en tous lieux honorée ;
» La Crète fut fidelle à la mère des Dieux : (e)
» Sois fidelle à Thétis , et ton nom , en tous lieux ,

» Volera, consacré par ma reconnaissance,
» Et la fière Délos enviera ta puissance.
» Seulement de tes bords écarte l'étranger,
» Le Grec de gloire avide, avide de danger ;
» Ecarte, s'il se peut, jusqu'à la Renommée ;
» Que par elle, du moins, n'y soit jamais nommée
» L'affreuse déité qui préside aux combats !
» D'Argos et d'Ilion que les sanglans débats
» Ne viennent point d'Achille éveiller la vengeance.
» De fêtes et de jeux, et de chants et de danse,
» Qu'on repaisse son cœur, ses oreilles, ses yeux ;
» Tant que Mars, partageant les hommes et les Dieux,
» Dépeuplera l'Europe, ébranlera l'Asie,
» Qu'Achille, en ces rochers, lui dérobant sa vie,
» Fille de Lycomède, en reçoive la loi,
» Et, mort pour l'univers, ne vive que pour moi ! »
　　Elle dit, et son ame est un peu rassurée ;
Des ondes effleurant la surface azurée,
Elle a bientôt rejoint son palais de crystal,
Où ses sœurs, qui craignaient quelqu'obstacle fatal,
En revoyant son front embelli d'espérance,
Par leurs transports joyeux, célèbrent sa présence.

FIN DU TROISIÈME CHANT.

NOTES

DU TROISIÈME CHANT.

***

(*a*) Croit voir tomber la mer à son char suspendue.

Cette image, que j'ai empruntée de Stace, paraîtra juste à tous ceux qui ont vu le lever du soleil sur mer.

(*b*) .... Mais autant Cythérée
Brille parmi ses sœurs à la cour de Nérée.

D'anciens monumens représentent Vénus assise sur un dauphin, et escortée des Néréides.

(*c*) Peut-être un jour l'hymen... oh ! si doublant ton être, etc.

Stace dit simplement :

O si mihi jungere curas ,
Atque alium portare sinu contingat Achillem !

Mais j'ai pensé qu'il fallait mettre en avant l'idée de l'hymen , pour corriger ce qu'un pareil vœu pouvait avoir d'inconvenant dans la bouche d'une mère.

(*d*) Enfin d'une beauté douce, aimable et docile,
Lui donne l'air, autant que peut l'avoir Achille.

C'est encore à Stace que je dois cette peinture, et je

suis loin de prétendre avoir rendu la beauté des vers suivans :

> Aspicit ambiguum genitrix, cogit que volentem,
> Innectit que sinus ; tunc colla rigentia mollit,
> Summittit que graves humeros, et fortia laxat
> Brachia, et impexos certo domat ordine crines,
> Ac sua dilectâ cervice monilia transfert,
> Et picturato cohibet vestigia limbo.

(*e*) La Crête fut fidelle à la mère des dieux.

On sait que Jupiter fut élevé sscrètement dans l'isle de Crête par les Corybantes, qui, en frappant sur des tambours et des cymbales, empêchoient que les cris du jeune dieu ne parvinssent aux oreilles de Saturne, son père, qui dévorait tous ses enfans mâles.

FIN DES NOTES DU TROISIÈME CHANT.

CHANT QUATRIÈME.

L'EUROPE cependant, par un cri de terreur,
A proclamé la guerre : à ce cri, la fureur
Aiguise, en frémissant, les traits de la vengeance :
Ménélas, le premier, publiant son offense,
Du forfait d'Ilion court effrayer les rois ;
Dans un seul crime, il peint l'oubli de tous les droits,
« Oui ! la fille du ciel, de Sparte digne élève,
» La sœur d'Agamemnon, mon épouse, on l'enlève !
» Sans combat, dans ma cour ! un brigand, à nos yeux,
» Foule aux pieds les sermens, les lois, l'hymen, les dieux ! »
    Par le récit trop vrai de ce sanglant outrage,
Dans tous les cœurs Atride a fait passer sa rage ;
Tout s'arme : on voit voler, sous le même étendard,
Celui que l'isthme enferme en son double rempart,
Celui qui voit aux pieds des rochers de Malée
Rouler avec fracas la vague amoncelée,
Les habitans lointains des rives de Colchos,
Ceux, plus lointains encor, que vit naître Abydos ;
Mars triomphe : à son char, plein d'une affreuse ivresse,
Avec un nœud d'airain, il enchaîne la Grèce.
Vingt états différens ne font plus qu'un état,
Tout homme est citoyen, tout citoyen soldat,
Par-tout mêmes transports, par-tout mêmes alarmes,
Ou de l'or, ou du fer, ou des bras, ou des armes,
Chacun paie un tribut : instruite par Vulcain,
Témèse, à coups pressés, dompte, amollit l'airain,

Le courbe en bouclier , en casque le façonne ;
Du bruit des lourds marteaux Mycène au loin résonne ;
On dépeuple Némée , et du plus fier lion
La dépouille est promise au vainqueur d'Ilion.
Pise fournit des chars , la belliqueuse Epire
Des coursiers , dont le vol devance le Zéphire ,
Cirrha de traits mortels remplit mille carquois :
De leur parure antique on dépouille les bois ;
Sommets inspirateurs de la docte Aonie ,
Où vient souvent rêver le Dieu de l'harmonie ,
Doux sommets ! d'un mortel pour venger les affronts ,
La hache sacrilége ose éclaircir vos fronts ;
Plus d'ombrages : sur l'onde est déjà descendue
Cette forêt de Pins qui menaçait la nue ,
Et qui , prête à voguer vers de nouveaux climats ,
Présente à l'œil surpris une forêt de mâts ;
Enfin , contre Priam et contre son empire ,
Tout devient instrument , tout marche , tout conspire.
Pour ravager le monde , on ravit à Cérès
Le fer qui , dans ses mains , féconde les guerets ;
L'or même , qui des Dieux décorait les images ,
Qui de la piété consacrait les hommages ,
On l'arrache : et , poli par des arts meurtriers ,
Il arme les héros , ou pare leurs coursiers ,
Dans leur sanglant projet , les Grecs d'intelligence
N'ont plus qu'un dieu,c'estMars;n'ontplus qu'un cri,vengeance!
    C'est l'Aulide qui doit réunir , dans son port ,
Tant de peuples divers , qu'anime un seul transport ,
L'Aulide , ou des forêts la reine est honorée ,
L'Aulide , trop voisine , hélas ! du Capharée , (a)
Dont le sommet vengeur , trois fois , par un grand bruit ,
Présage , en s'agitant , la plus fatale nuit

A ces mêmes vaisseaux, avides de vengeance,
Qui des vents endormis accusent le silence.
  Depuis que tout le camp implore leur retour,
De ses douze palais Phœbus a fait le tour :
Tous brûlent de partir. Mais quoique les Atrides
Se montrent dignes chefs de soldats intrépides,
Que le fils de Tydée, Ajax et Sthenelus,
Du sang qui les forma retracent les vertus,.
Qu'Antiloque de Mars égale la vaillance,
Et que de Pallas même Ulysse ait la prudence,
Tous les cœurs, tous les vœux sont pour Achille absent ;
A l'entendre louer le plus brave consent ;
Achille est le héros qu'a choisi la victoire,
Le nom d'Achille plaît, c'est celui de la gloire ;
Au seul penser d'Hector, tel qui se sent troublé,
Nomme Achille, et soudain rougit d'avoir tremblé.
Ainsi, contre le Dieu qui lance le tonnerre,
Quand l'orgueil souleva les enfans de la terre,
C'est en vain que Bacchus, à leur rebellion,
Opposoit et la griffe et la dent du lion,
Pallas, de ses serpens la tresse épouvantable,
Mars, sa lance, Apollon sa flèche inévitable ;
La nature troublée, et muette d'effroi,
De l'Olympe désert n'implorait que le Roi,
Et l'espoir ne rentra dans son ame inquiète,
Que lorsqu'armé du foudre, il parut à leur tête.
  Tandis que tous les chefs, au repos condamnés,
Par un destin jaloux, au rivage enchaînés,
Se plaignent, l'œil fixésur la meri mmobile,
De l'absence des vents et de celle d'Achille,
Un guerrier, comme lui, jeune, ardent, indompté,
Qu'importune ce nom si souvent répété,

Héros qui , s'arrachant aux baisers d'une amante,
Bravant l'arrêt des Dieux , sur les rives du Xanthe,
Le premier doit descendre , et périr le premier,
Protesilas se lève , et d'un ton brusque , altier , (*b*)
S'adressant à Calchas , qu'il voit soudain paraître :
 » Interprète des Dieux , ou qui du moins crois l'être,
 » Quel moment attends-tu pour les faire parler ?
 » Si ton art n'est point vain , tu vas nous révéler
 » Quel rivage retient ce guerrier magnanime,
 » Ce guerrier couronné d'un suffrage unanime,
 » L'espoir, le dieu des Grecs, à la Grèce inconnu ?
 » On préfère , tu vois, pour lui seul prévenu,
 » A vingt héros présens , un héros en idée ;
 » On cite à peine Ajax, le fils du grand Tydée,
 » Ulysse.... Je pourrais me nommer après eux....
 » Dans les champs Phrygiens , on nous connaîtra mieux.
 » Toi , Calchas, pour combler la publique allégresse ,
 » Dis où se cache enfin le héros de la Grèce ? »
    Il parlait, et Phœbus , voulant faire éclater
Le céleste pouvoir, dont on semble douter,
Dans le sein palpitant de l'Augure qu'il aime,
En subtile vapeur , est descendu lui-même.
D'abord Calchas pâlit, on soupçonne le Dieu :
On le sent, on le voit, sur son visage en feu ,
Dans ses yeux égarés, d'où mille éclairs jaillissent ;
Tout son corps a frémi ; ses cheveux se hérissent,
Et sa bouche tremblante , en sons entrecoupés ,
Semble hurler ces mots avec peine échappés :
 » Où vas-tu le cacher, trop faible Néréide ?.....
 » Arrête : de Chiron c'est l'élève intrépide....
 » Sans lui, contre Ilion la Grèce s'arme en vain...
 » Je te vois, je te suis.... cède à mon art divin,

» Reine des eaux.... Scyros en vain est ta complice ;
» Le destin parle ; il faut que sa loi s'accomplisse....
» Achille m'appartient , et sa place est ici....
» Rends-le-moi.... C'en est fait.... Toi, Lycomède aussi ,
» Tu nous trahis !.... Je vois , (ô trop cruelle injure !)
» D'une femme un héros revêtir la parure !
» Déchire-la, mon fils , déchire-la ». Sa voix
Expire , après ces mots interrompus vingt fois.
Lui-même , succombant sous le Dieu qui l'oppresse ,
Chancelle , et tombe aux pieds des héros de la Grèce.
    Étonnés de l'oracle , et des jeux du destin ,
Ils jètent l'un sur l'autre un regard incertain.
Diomède , rompant tout-à-coup le silence ,
Prévient , par ce discours , Ulysse qui balance :
» Sage Ulysse , c'est nous , (car vous me voyez prêt ,
» Fidèle compagnon et confident discret ,
» A partager l'honneur d'une entreprise utile)
» C'est nous qui , par nos soins , découvrirons Achille :
» Que Thétis , contre nous , s'armant de tous ses flots ,
» D'un liquide rempart entoure ce héros ;
» Dans un antre profond qu'elle l'ensevelisse ,
» Il n'échappera point à l'œil perçant d'Ulysse.
» Pour n'être point assis sur le trépied sacré ,
» Ulysse par les dieux n'est pas moins inspiré.
» — Il l'est , mais par l'amour qu'il porte à sa patrie ,
» Répond le roi d'Ithaque , et c'est-là son génie.
» S'il faut la servir seul , j'en accepte l'honneur ,
» Mais , en le partageant , vous le doublez , seigneur ;
» Partons : le camp des Grecs , d'un héros digne asyle ,
» Nous reverra bientôt , accompagnés d'Achille ,
» Ou Calchas nous abuse et fait mentir les dieux. »
    A ce noble transport , par mille cris joyeux ,

Tout le camp applaudit ; Agamemnon lui-même
Au suffrage public unit son vœu suprême,
Et , pour exécuter leur project important,
Presse les deux guerriers de partir à l'instant.
Déjà la voile est prête , et la rame docile ,
Supplée au vent rebelle , et fend l'onde immobile.
Tendre Déidamie , et toi , jeune héros,
Hâtez-vous d'être heureux , ils voguent vers Scyros !
    Quand Thétis eut quitté cette isle solitaire ,
Impatient déjà du repos , du mystère ,
Son fils que , sans l'Amour, c'le n'eût point fléchi,
Du regard maternel fut à peine affranchi ,
Qu'il s'était emparé de sa Déidamie ;
Il en fait sa compagne , il en fait son amie :
Aveugle pour ses sœurs , quoique leurs tendres soins
A lui complaire en tout ne s'empressent pas moins ,
Il ne voit que les traits de celle qu'il adore :
Son regard enflammé la cherche , la dévore ;
Elle sort ; il la suit, inquiet, agité ;
Elle revient s'asseoir ; il est à son côté ,
Epiant un regard , appelant un sourire :
Tantôt muet , pensif , en extase il l'admire ;
Tantôt vif , enjoué , d'un geste caressant,
Il effleure sa joue , ou d'un doigt agaçant ,
Prompt à la ramasser , fait tomber sa navette ;
Il saisit une main , qu'aussitôt il rejette ,
Ou , d'un thyrse fleuri , qui craint de la blesser ,
La frappe , et s'en punit en courant l'embrasser.
Sa compagne jouit de cette préférence ;
Elle chérit ses sœurs , mais une différence ,
Qu'elle ne conçoit pas , l'avertit que son cœur
L'aime un peu plus , ou l'aime autrement qu'une sœur.

En s'adorant, tous deux sont innocents encore.
Quelquefois, saisissant une lyre sonore,
Achille à son amie enseigne un de ces airs
Qui du sauvage Othrys égayaient les déserts;
Il lui dit sur quels bords le Pélion s'élève;
Quel est Chiron; combien doit l'aimer son élève;
Vante sur-tout Patrocle; il se nomme, et se tait;
Déidamie, alors, achève son portrait,
Le peint fier, intrépide, impétueux, agile,
Et chante Achille, enfin, en présence d'Achille.
Elle chante: il admire, il applaudit, vingt fois
Sur ses lèvres imprime, en exaltant sa voix,
D'un baiser prolongé la brûlante caresse:
L'éloge sert ainsi de voile à la tendresse,
Et l'admiration d'interprète à l'amour.
    Son élève devient sa maîtresse à son tour.
Pour ses sœurs, elle exige un peu de complaisance,
Veut qu'à ses mouvements il donne plus d'aisance,
Moins d'éclat à sa voix, moins d'audace à ses yeux;
A tourner un fuseau, d'un doigt plus gracieux,
Elle instruit cette main qui doit venger la Grèce,
Et sans cesse rejoint les fils, qu'il rompt sans cesse.
Souvent elle se plaint, mais d'un accent si doux!
Qu'il évite ses sœurs, que son regard jaloux,
Même à l'œil paternel, dispute son sourire.
Qu'en l'embrassant il tremble, et qu'à peine il respire;
Achille, embarrassé, veut saisir ce moment
Pour avouer sa flamme et son déguisement,
» Sachez.... mais elle a fui, comme zéphir légère,
Elle échappe, en riant, à l'aveu qu'il va faire.
    Pour irriter son feu, par les désirs accru,
Il lui manque un rival, un rival a paru:

Comme

Comme lui-même, épris de sa belle princesse,
Comme lui, jeune, aimable, il la cherche sans cesse;
Le sang qui les unit enhardit son espoir,
A toute heure, en tout lieu, lui permet de la voir....
Oh ! qui d'Achille alors peindrait l'impatience,
Les regards inquiets, le farouche silence,
Et ce front qui rougit, qui pâlit tour-à-tour !
Dans un tendre abandon, quelquefois son amour
Hasarde un demi-mot qu'un long soupir achève :
Dans un transport jaloux, tout-à-coup il se lève,
S'échappe brusquement, et reparaît soudain,
Jette sur son rival un regard de dédain ;
Que son secret lui pèse! Il brûle de le dire,
Mais l'amour le retient ; il ne peut que maudire
Les atours importuns dont il est enchaîné ;
Sous le lin qui le couvre, il frémit indigné
De cacher et son nom et le feu qui l'embrase :
C'est un lion captif dans des filets de gaze.
Mais l'Amour même, enfin, le rendit indiscret,
Et, pour mieux le garder, partagea son secret.
Sur les flancs d'un vallon respecté par Borée,
Une forêt s'élève à Bacchus consacrée :
Quand l'hiver a trois fois vu fondre ses glaçons,
Et quand trois fois Phœbus a mûri les moissons,
C'est là qu'un thyrse en main, de pampre couronnées,
Les vierges de Scyros, en triomphe menées,
Se livrent aux excès d'un délire sacré,
Digne du Dieu du vin, par lui-même inspiré.
Si quelque audacieux y porte un pied profane,
Un arrêt immuable à la mort le condamne ;
C'est peu ; pour effrayer le desir curieux,
Sans cesse veille autour du bois mystérieux

Une antique prêtresse, active sentinelle ;
Elle répète encor, d'une voix solemnelle :
» De cet asyle saint tout profane est proscrit. »
Achille se présente, entend l'ordre et sourit.
C'est lui qui conduisait la troupe virginale ;
L'étendard à la main, dès l'aube matinale,
Il s'avance, l'air noble, intrépide, charmant ;
En lui, l'œil incertain admire également
Du sexe qu'il déguise et la force et l'audace,
Du sexe qu'il imite et l'aisance et la grace.
Déidamie en vain, étalant mille attraits,
Des roses du plaisir anime encor ses traits ;
Qu'Achille disparaisse, on dit : c'est la plus belle ;
Qu'Achille reparaisse, on dit : ce n'est plus elle.
Mais lorsque, découvrant ses bras, son col nerveux,
Que, d'un bandeau de pourpre ornant ses blonds cheveux,
Sous son manteau tigré, qu'il rejette en arrière,
De sa robe flottante, avec un frein de lierre,
Après avoir fixé les replis ondoyants,
Le héros a saisi deux thyrses verdoyants,
Ce n'est plus seulement sa beauté qu'on admire ;
A l'admiration succède le délire ;
On se presse, on l'entoure, on se récrie ; enfin
Sa démarche, ses traits, ses yeux, son port divin
Font oublier les jeux, la danse qui s'apprête,
Bacchus lui-même ; Achille est le dieu de la fête.
   Bientôt on se disperse ; au gré de ses desirs
On varie, on prolonge, on suspend ses plaisirs ;
Quels étaient ces plaisirs ? Ou discrète, ou sévère,
Ma Muse me répond tout bas : c'est un mystère.
   Cependant le jour fuit, et Phœbé, dans les cieux,
Guide nonchalamment son char silencieux :

L'écho de la forêt de loin en loin soupire :
De l'airain fatigué le dernier son expire ;
Tout se tait : les plaisirs, par le sommeil vaincus,
S'endorment, et Morphée a remplacé Bacchus.
Achille veille seul, plein d'un autre délire,
Contre Déidamie, à l'écart, il conspire.
   » Quoi ! je serai, dit-il, de l'effroi maternel
» La victime, ou plutôt le complice éternel !
» Au sein de la mollesse, esclave du mensonge,
» Je vois de mes beaux ans s'évanouir le songe !
» Ce bras, qui du dieu Mars devait lancer les traits,
» Craint même d'attaquer les monstres des forêts !
» Sommets du Pélion, et témoins et théâtre
» Des belliqueux plaisirs dont j'étais idolâtre !
» Beaux vallons de Tempé, qu'êtes-vous devenus !
» M'avez-vous oublié, rives du Sperchius ?
» Quelle est, dans ce moment, ta pensée, ô mon maître !
» O Chiron ! tour à tour tu condamnes peut-être
» Ou la rigueur des dieux ou mon propre attentat,
» Et tu me pleures mort ou me maudis ingrat !
» Cher Patrocle, c'est toi, dont la main intrépide
» Lance mes javelots et ma flèche rapide ;
» Tu montes ces coursiers, par Zéphire enfantés,
» Que mes mains ont nourris, que mon art a domptés :
» Moi, je tourne un fuseau, je porte une corbeille,
» Ou les armes du dieu qui féconde la treille :
» Voilà tous mes talens, voilà tous mes plaisirs !
» Que dis-je ? consumé d'impatients desirs,
» Je tremble de laisser soupçonner ma tendresse :
» Rougis, lâche, rougis ! Aux pieds d'une maîtresse
» Quand les Dieux soupiraient, les Dieux étaient heureux.
» Dans ta faiblesse, au moins, modèle-toi sur eux ;

» Que pour toi le bonheur soit fils de la victoire ;
» S'il faut que , plus long-temps infidelle à la gloire ,
» Ton courage captif sommeille en ce séjour ,
» Vierge encore pour Mars , sois homme pour l'Amour. »
    Il dit , et , l'œil en feu , cherche Déidamie :
Sous l'ombrage d'un myrte il la trouve endormie ,
S'élance dans ses bras..... » Quels transports furieux !
» Chère compagne....« En vain elle invoque les Dieux :
Les vœux , les cris , les pleurs , la fuite est inutile :
Sa compagne est un homme , et cet homme est Achille !
Tout la trahit. Ses sœurs , à son cri virginal ,
Croyant de nouveaux jeux entendre le signal ,
De leurs lits de gazon , en désordre , s'élancent :
Déjà leurs bras unis en cercle se balancent ,
Et leur superbe chef , plus beau de son bonheur ,
Dans le grouppe joyeux reparaît en vainqueur.
Mais avant , il adresse à sa chère victime
Ces mots, tendres garants d'un feu plus légitime :
» C'est moi , sèche tes pleurs , pardonne à ton époux ,
» C'est le fils de Thétis qui tombe à tes genoux ;
» C'est le fier nourrisson du sévère Centaure ;
» S'il a cessé de l'être , hélas ! c'est qu'il t'adore ;
» Pour toi j'ai tout trahi, pour toi j'ai revêtu
» Ces frivoles atours dont rougit ma vertu ;
» Mon indomptable cœur n'a cédé qu'à tes charmes.
» Chère amante , est-ce à toi de répandre des larmes ?
» La beauté qui s'unit à mon sang glorieux
» Doit des héros au monde, à l'Olympe des Dieux.
» Notre bonheur encor commande le mystère ;
» Mais l'hymen , oui l'hymen , j'en atteste ma mère ,
» Joindra mon sort au tien par un nœud solemnel.
» Tu frémis ? Craindrais-tu le couroux paternel ?

» Ah ! plutôt que sur toi sa vengeance ne tombe ,
» Son peuple tout entier descendra dans la tombe ;
» On verra ses palais par le feu consumés ,
» On verra ses remparts sous la terre abymés ,
» Et Scyros , engloutie au vaste sein de l'onde ,
» Du bruit de son désastre épouvanter le monde. »
    La princesse se tait , s'étonne , et tour-à-tour
Son cœur frémit de crainte et palpite d'amour.
Quel amant ! quel héros ! combien il est terrible !
Mais combien il est tendre ! elle-même est sensible :
Que fera-t-elle ? aux traits du paternel courroux
Elle-même s'expose , en perdant son époux.
Tendre amante ! Eh pourquoi balancer davantage ?
L'honneur blessé gémit ; mais l'amour qu'on partage
A des droits , et son crime est devenu le tien.
De leur commun bonheur on ne soupçonna rien ;
Vers le tems où l'amour devait le rendre père ,
Achille confia son secret à sa mère
Qui , par un nœud sacré , mais toujours clandestin ,
De ces heureux amans assura le destin ,
Et feignant de vouloir reconnoître le zèle
Que le roi de Scyros avait montré pour elle ,
Sans peine obtint de lui que sa fille , à son tour ,
Ferait , pour quelque tems , l'ornement de sa cour. (c)
Là naquit , là vivait , à l'ombre du mystère ,
Ce Pyrrhus , digne fils du plus valeureux père ;
Là , souvent par Thétis se faisant inviter ,
Seule , Déidamie allait le visiter ,
Et , souriant aux traits du héros qu'elle adore ,
Le quittait un moment , pour le trouver encore.

FIN DU QUATRIÈME CHANT.

NOTES

DU QUATRIÈME CHANT.

(*a*) L'Aulide trop voisine hélas du Capharée.

Voyez la note (*m*) du premier chant.

(*b*) Protésilas se lève, etc.

Un oracle avait prédit que le premier des Grecs qui
aborderait au rivage de Troye y périrait; Protésilas quitta,
le lendemain de ses noces, une épouse qu'il adorait, pour
suivre l'armée des Grecs , et quoiqu'instruit de l'oracle,
il s'élança le premier sur le rivage, où il périt de la main
d'Hector.

(*c*) Ferait pour quelque tems l'ornement de sa cour.

Stace dit simplement qu'une confidente discrète aida
Déidamie à cacher sa grossesse et la naissance de Pyrrhus.
Je crois qu'il est tout à la fois plus vraisemblable, plus
noble et plus décent de supposer que Thétis, après
avoir légitimé l'union des deux amans, favorise le mystère
dont ils ont encore besoin, en appelant Déidamie à sa cour
et en gardant son fils.

FIN DES NOTES DU QUATRIÈME CHANT.

CHANT CINQUIÈME.

Déja les deux guerriers, qu'entraîne vers Scyros
L'espoir de découvrir le premier des héros ,
Ont vu par Jupiter leur flotte protégée (*a*) ,
Sillonner , sans péril , toute la mer Egée ;
Les Cyclades déjà, sous mille aspects divers ,
Ont paru, disparu ; l'une , au niveau des mers ,
Abaissant , par degrés , sa cime décroissante ;
L'autre , élevant aux cieux sa tête menaçante ;
Bientôt Paros a fui ; bientôt l'œil ne voit plus
Ni l'île de Vulcain , ni l'île de Bacchus (*b*) ;
Du vaste seindes flots , rembrunis par son ombre ,
Délos semble sortir dans un lointain moins sombre ;
On salue, en passant, ses prophétiques bords ;
C'est peu ; les deux guerriers , dans leurs pieux transports ,
Interrompent leur course, et debout sur sa poupe ,
Ulysse , d'un vin pur épanchant une coupe ,
Au dieu qui porte un arc demande avec ferveur
Qu'il daigne confirmer sa première faveur ,
Et les aider lui-même à remplir son oracle.
Apollon l'entendit : sans danger, sans obstacle ,
Un vent frais et léger , sur la cime des flots ,
Fait voler son navire , et le pousse à Scyros.
Que fais-tu maintenant , déesse trop sensible ?
Du destin , roi des Dieux , la rigueur inflexible
Te cache les complots que l'art de deux mortels
Trame , pour déjouer tes complots maternels !

Déjà, pour aborder à la fatale rive,
On a plié la voile ; on approche, on arrive ;
L'image de Pallas, qui protège ces lieux,
Des héros voyageurs frappe d'abord les yeux :
Cet augure leur plaît : déesse de la guerre,
Pallas n'offrira point un visage sévère
A deux guerriers, bravant les écueils et les flots,
Pour arracher des bras d'un indigne repos
Celui que les destins ont promis à la gloire,
Celui que sur son char appelle la victoire.

 Aux limites du ciel, par sa sœur réclamé,
Phœbus est descendu ; de son char enflammé
Les rayons amortis vont se briser dans l'onde,
Et ses coursiers de feu, que la sueur inonde,
La crinière pendante et les flancs alongés,
Dans l'Océan pourpré sont à demi-plongés ;
Pour ne point effrayer cette île hospitalière
Par l'éclat imprévu d'une pompe guerrière,
Laissant sur le vaisseau l'appareil qui les suit,
Ulysse et Diomède, à l'ombre de la nuit,
S'avancent seuls, d'un pas aussi prudent qu'agile ;
Dans un étroit sentier, qui conduit à la ville,
Se glissent en silence, et d'un œil curieux
Leur zèle observateur interroge les lieux.
Dans une nuit d'hiver, tels voyagent ensemble
Deux loups, cruels rivaux, que le besoin rassemble ;
Tourmentés de la faim qui consume leurs flancs,
Tourmentés de la faim qui presse leurs enfans,
Quoiqu'un double aiguillon les excite au carnage,
Ils répriment leur fougue, ils dévorent leur rage,
Et sans bruit, sans menace, ils rampent humblement,
De peur que du troupeau, qui dort profondément,

Le gardien réveillé ne sème les alarmes,
Et n'appelle, à grands cris, ses défenseurs aux armes.
Ils touchaient aux remparts, lorsqu'à son compagnon
Diomède adressa ces mots : « Si d'Apollon
» Nous avons bien compris le savant interprête,
» À couronner nos vœux la fortune s'apprête :
» Mais pourquoi ces bijoux, ces légers instrumens,
» Ces mîtres, ces colliers, tous ces vains ornemens,
» Trésors d'un sexe faible, armes de la mollesse,
» A grands frais achetés dans les ports de la Grèce ?
» Est-ce pour les offrir au héros si vanté,
» Devant qui le Troyen doit fuir épouvanté ?
» Ce disciple de Mars, qu'on dérobe à son maître,
» Espérez-vous ainsi le ramener ? — Peut-être,
Répond, en souriant, le Monarque discret :
» Vous, quand il sera tems, ordonnez qu'en secret
» On porte, au lieu fixé, toute cette parure :
» A ces brillans hochets vous joindrez une armure,
» Un casque étincelant, de son panache orné,
» L'énorme javelot, dans Cyrrha façonné,
» Et le bouclier d'or, où d'un vaste carnage
» Vulcain, en traits sanglants, grava l'affreuse image ;
» Que sur-tout Agyrthès accompagne vos pas,
» Armé de son clairon, qu'il ne montrera pas,
» A moins qu'à s'en servir un signal ne l'invite.
» Vous apprendrez bientôt quel dessein je médite ».
    Il achevait à peine, ils entrent au palais ;
On les annonce au roi qui, sans aucuns délais,
Les reçoit, leur offrant d'un accueil honorable,
Sans les connaître encor, l'augure favorable.
Soudain, lui présentant le rameau de Pallas,
Doux emblême de paix, souvent trompeur, hélas !

« O le meilleur des rois dont la Grèce s'honore,
» Vous savez, dit Ulysse, (et quel prince l'ignore?)
» Le crime d'Ilion et le serment vengeur
» De vingt peuples armés pour en punir l'auteur ;
» Agamemnon, leur chef, vers le roi Lycomède
» Nous députe aujourd'hui : vous voyez Diomède ;
» En l'entendant nommer, on connaît ce héros ;
» Moi je m'appelle Ulysse : aux rives de Scyros
» Nous sommes descendus, pour vous y rendre hommage :
» Mais le motif secret que cache ce voyage,
» (Je puis le révéler à vous, digne allié,
» Qu'à nos communs destins enchaîne l'amitié)
» C'est d'observer les lieux, de connaître d'avance
» Les desseins de Priam, ses moyens de défense.....»
      Le roi l'interrompant : « Puissent les justes Dieux
» Seconder vos projets contre un peuple odieux !
» Mais de votre présence, ô rois que je révère,
» Honorez mes foyers, ma table hospitalière ».
      Il dit, leur tend la main, et d'un air gracieux,
Les conduisant lui-même, il étale à leurs yeux,
Et de son vieux palais la noble architecture,
Et l'éclat des lambris, et l'art de la peinture ;
Ulysse, pour tout voir, feint de tout admirer ;
Son œil perce où ses pas ne peuvent pénétrer :
Des longs appartemens mesurant l'étendue,
Plein d'Achille, il observe, espérant qu'à sa vue,
Sous un aspect douteux, quelqu'objet va s'offrir,
Indice du secret qu'il cherche à découvrir.

    Jusqu'aux lieux retirés, inconnus aux alarmes,
Où la beauté repose et cultive ses charmes,
Le bruit s'est répandu que deux rois, deux héros
Viennent, au nom des Grecs, d'aborder à Scyros.

Ce bruit trouble la paix de ce discret asyle ;
Sur-tout Déidamie a tremblé. . . . . Mais Achille
Laisse éclater sa joie et son empressement
De voir des Grecs. . . . . Eh quoi ! sous son déguisement !. . . .
Oui ; tout cède au desir qu'il a de les connaître ,
Sentant bien quel il est, non quel il va paraître ,
De guerre avide, il veut contempler des guerriers ,
Veut toucher leur armure, et compter leurs lauriers ;
Il cherche ces héros, en son délire extrême,
Avec autant d'ardeur qu'ils le cherchent lui-même.
    Cependant au palais tout s'agite pour eux ,
Tout s'apprête à fêter des héros si fameux ;
A leurs yeux Lycomède ordonne qu'on étale
L'appareil fastueux de la pompe royale ;
La pourpre en longs tapis s'étend : sa frange d'or
Doit à l'art d'Arachné bien plus de prix encor :
Du crystal suspendu, mille clartés jaillissent
Que les lambris dorés doublement réfléchissent ;
Sous un portique immense, et de festons paré ,
Un superbe banquet est déjà préparé ,
Et sur des lits, brillans des couleurs les plus vives ,
Lycomède a placé les augustes convives.
Pour embellir encor ce spectacle charmant ,
Ses filles, de sa cour le premier ornement ,
Arrivent, l'œil baissé , la démarche timide :
Achille suit leurs pas : son amante le guide :
Autour de Lycomède on les voit se presser :
De fleurs, qu'une main chère a pris soin de tresser ,
Telle, au jour de sa fête, une fraîche couronne
Sur le front d'un bon père et s'enlace et rayonne.
Le prudent roi d'Ithaque a cru voir le premier ,
Parmi ces jeunes fleurs, un lys au front altier,

Et son coup-d'œil oblique au fils du grand Tydée
De ce premier soupçon communique l'idée.
Mais Achille est assis, et des flambeaux nombreux
Les mobiles reflets déguisent à leurs yeux
La taille du héros et sa mâle assurance.
Si sa craintive amante, à son impatience,
A son air inquiet, à ses brusques élans,
N'opposait le doux frein de ses baisers brûlans,
N'enchaînait dans ses bras sa fierté qui murmure,
Sur son sein agité ne fixait sa parure,
N'arrachait à ses mains, n'écartait de ses yeux
Sa coupe toujours pleine, et si sur ses cheveux
Ses soins ne rattachaient sa guirlande indocile,
C'en était fait : Ulysse allait nommer Achille.

   Au moment où Bacchus, éveillant la gaîté,
Provoque le salut de l'hospitalité ;
Quand le premier besoin de la faim appaisée
Cède au besoin plus doux d'épancher sa pensée,
Le roi prend une coupe, il l'offre aux deux héros,
Et sa franche amitié se répand en ces mots:
« Dignes vengeurs des Grecs, combien je porte envie
» A l'éclat dont je vois s'illustrer votre vie !
» Pourquoi ce bras vieilli trahit-il mon ardeur !
» Oh ! si j'étais encore au tems de ma splendeur,
» Quand du Dolope altier descendu sur ces rives
» J'attaquai, je domptai les bandes fugitives !
» Quand, chargé de lauriers sur ces rives cueillis,
» Moi-même, je parai nos murs enorgueillis
» Du luxe triomphal qui les couronne encore !
» Si du moins, si j'avais un fils, à son aurore,
» Qui pût payer ma dette au grand Agamemnon,
» Et qui par sa valeur fît revivre mon nom !

» Inutile souhait ! vous voyez ma famille :
» C'est par d'autres vertus que ce jeune essaim brille ».
   Ulysse adroitement saisit l'instant heureux :
« Je conçois, lui dit-il, vos regrets et vos vœux ;
» Quel héros n'envierait l'honneur si désirable
» De servir une cause à jamais mémorable !
» De venir contempler ces milliers de vaisseaux
» Dont la voile flottante ombrage au loin les eaux,
» Ces chefs, ces rois fameux, ces fils de la victoire,
» Ces armes, ces drapeaux, ces atours de la gloire,
» Ces chars, ces fiers coursiers, tant de peuples divers,
» Désertant les cités, les champs, couvrant les mers,
» Toute l'Europe armant les Dieux pour sa querelle,
» Et jurant à l'Asie une guerre éternelle !
» (L'œil d'Achille s'enflamme), et quel crime odieux
» Poursuivrait le courroux des hommes et des Dieux,
» Si Pergame n'eût point allumé leur vengeance ?
» Un Troyen, sur la foi d'une antique alliance,
» Vient à Sparte : le chef de ces heureux états,
» Trop grand pour soupçonner de lâches attentats,
» L'accueille en son palais, sous son toit tutélaire,
» Comme son allié, son ami, comme un frère !
» D'un cercle de plaisirs, de fêtes et de jeux
» Il enchaîne ses pas, il enchante ses yeux,
» Et de ces nobles soins pour le payer, l'infâme
» Aime, séduit, possède, enlève enfin sa femme !
» Je lis dans vos regards que pour un tel affront,
» Il n'est point de supplice assez grand, assez prompt.
» Quoi ! les droits les plus saints, l'honneur de nos familles,
» Tout ce que nous aimons, nos épouses, nos filles,
» Seraient livrés, par nous, nous enfans des héros,
» Au caprice insolent d'un petit fils de Tros !

» Agénor, indigné d'un lâche stratagême ,
» Disputa son Europe à Jupiter lui-même ;
» Rougissant , à ce prix, de l'en voir possesseur (c) ,
» Les beuglemens sacrés de son fier ravisseur
» Ne purent effrayer sa poursuite obstinée ;
» Vengeur d'un même affront , sur la mer indignée ,
» Eétés poursuivit des héros demi-dieux (d) ,
» Un navire, aujourd'hui brillant astre des cieux ,
» Et nous ! nous souffrirons qu'au mépris du tonnerre ,
» Un lâche, un Phrygien , sur sa poupe adultère ,
» Voltige autour des ports qu'il a déshonorés !
» Ah! bientôt les brigands, dans Scyros attirés ,
» Si la Grèce , une fois , souffrait cette infamie ,
» Viendraient vous enlever votre Déidamie ».
A ces mots , tout Achille a frémi : sur son sein
Il presse son amante , et d'un trépas certain
Son œil au ravisseur a lancé le présage.
Diomède , qui voit s'altérer son visage ,
Reprend avec chaleur : « Ne vous alarmez pas :
» Tous les Grecs du perfide ont juré le trépas ;
» Né sans aïeux, veut-on se faire un nom illustre ?
» D'un nom déjà fameux veut-on doubler le lustre ?
» Sait-on porter un arc, ou monter un coursier ,
» Aux champs d'Aulide on craint d'arriver le dernier ,
» On vole disputer la palme du courage ,
» Tout marche, jeunes, vieux, la valeur n'a point d'âge,
» Des femmes, accourant sous les mêmes drapeaux,
» Ont revêtu l'armure et le cœur des héros ;
» On proscrit, on maudit, on nomme traître ou lâche
» Le Grec, l'indigne Grec, qui s'enfuit ou se cache ».
    Achille s'élançait ; il allait se trahir :
Son amante, plus prompte encore à le saisir,

Se lève avec ses sœurs, elle l'entraîne ; il cède,
Il sort, mais le dernier, fixant sur Diomède
Des yeux où ce héros a lu tout son secret.
Ulysse ajoute alors, mais d'un ton plus discret :
« Pour vous, continuez, sur cet heureux rivage,
» De régner sans alarme, éloigné de l'orage ;
» Oui, prince, pour tout soin, choisissez des époux
» A ces jeunes beautés, dont les attraits si doux
» Respirent à-la-fois je ne sais quelle audace,
» Qui trahit leur naissance, et relève leur grace ».
Le roi flatté répond : « Vous ne les voyez pas
» Aux fêtes de Bacchus, aux autels de Pallas !
» Quand leurs bras enlacés mollement se balancent,
» Quand, le pied suspendu, dans l'air elles s'élancent.....
» Mais j'entends résonner le buis harmonieux :
» De la danse j'entends le prélude joyeux :
» Mes filles ont voulu sans doute nous surprendre :
» Près d'elles, sur mes pas, princes, daignez vous rendre ».
On accepte, on le suit avec empressement.
Devant eux s'ouvre un vaste et riche appartement,
Où déjà cent Beautés, en cercle rassemblées,
Des dons de la nature également comblées,
A les faire briller montrant un zèle égal,
Des jeux de Therpsicore attendaient le signal :
Il est donné : les chœurs se forment ; et la danse
Exécute, en riant, les lois de la cadence :
On dessine sa taille, on arrondit ses bras ;
On traîne, on précipite, on rallentit ses pas,
On s'évite, on se joint, en guirlande on s'enlace :
Une danse achevée, une autre la remplace ;
Tous les modes divers dans la Grèce connus,
Ceux que Bacchus chérit, ceux qu'inventa Vénus,

Le pas aérien de la nymphe légère,
Le pas majestueux de l'amazone altière,
Les bons irréguliers des prêtres de l'Ida,
Les chœurs qu'aux bords du fleuve où s'égarait Léda,
Exerce, aux doux rayons d'une nuit étoilée,
La chaste nudité des vierges d'Amiclée (e),
Tous ces jeux du caprice, enfans de la gaîté,
Sur vingts tableaux mouvans charment l'œil arrêté.
D'Ilion, de combats la tête encore remplie,
Achille à la cadence avec peine se plie;
Il avance, il recule, il s'agite au hasard,
Trouble tout, confond tout, jette ses bras sans art,
D'un pas voluptueux dédaigne la mollesse,
Déteste sa parure et maudit sa faiblesse.
Tel, dans Thèbes, bravant le courroux maternel (f),
Le superbe Penthée, en un jour solemnel,
Insultait à Bacchus, et d'une main guerrière,
Brisait le faible thyrse, et l'écharpe de lierre.
Ulysse qui l'observe, affectant l'air distrait,
De sa farouche humeur recueille chaque trait;
Certain que c'est Achille, il rêve au stratagème
Qui pourra le forcer à se nommer lui-même.
Mais les ombres déjà s'éclaircissent : la nuit
Va céder l'horison au jour qui la poursuit;
Tout invite au repos : les princesses lassées
Laissent tomber leurs mains lentement balancées;
En vain l'airain bruyant tourmente leur langueur,
Les excite à former encor un dernier chœur,
Le sommeil, qui déjà pèse sur leur paupière,
Dans la plus belle, endort jusqu'au desir de plaire;
Il faut se séparer : les deux rois enchantés
Prodiguent la louange à ces jeunes beautés,

Et

Et témoignent combien leur ame est satisfaite ,
Par le regret flatteur de voir finir la fête ;
Mais leur perfide adresse , après un court sommeil ,
Doit d'un autre spectacle étonner leur réveil.
Achille qui , trahi par sa fougue imprudente ,
Vingt fois a fait pâlir sa trop sensible amante ,
Avec ses doux baisers , va recevoir , hélas !
Des conseils que demain l'ingrat ne suivra pas !
Tandis que Lycomède , innocemment complice
Et des larcins d'Achille et des ruses d'Ulysse ,
Gagnant , exempt de soins , l'asile du repos ,
S'applaudit de l'accueil qu'il fait à deux héros ,
Et jouit de l'éclat qu'en lui laissant sa fille ,
Thétis a répandu sur toute sa famille.

FIN DU CINQUIÈME CHANT.

NOTES

DU CINQUIÈME CHANT.

(*a*) Silloner sans péril toute la mer Égée.

La mer Égée est couverte d'écueils.

(*b*) Ni l'isle de Vulcain, ni l'isle de Bacchus.

Lemnos et Naxos.

(*c*) Les beuglemens sacrés de son fier ravisseur.

On trouvera peut-être cette expression hardie, mais j'ai cédé à la tentation de rendre le *Mugitus sacros* de Stace.

(*d*) Éétès poursuivit des héros demi-dieux.

Éétès, roi de Colchide, père de Médée, poursuivit la flotte des Argonautes, et fut tué dans un combat qu'il leur livra sur le Pont-Euxin. On sait que le vaisseau Argo fut mis au rang des astres.

(*e*) La chaste nudité des vierges d'Amiclée.

Amiclée, ville de la Laconie. Les jeunes Lacédémoniennes dansaient nues, au clair de lune, sur les bords de l'Eurotas.

(*f*) Tel, dans Thèbes, bravant le courroux maternel.

Penthée, roi de Thèbes, petit-fils de Cadmus, après avoir insulté Bacchus, voulut pénétrer ses mystères, mais les Bacchantes, au nombre desquelles était sa mère, le mirent en pièces, pour venger ce sacrilège.

FIN DES NOTES DU CINQUIÈME CHANT.

CHANT SIXIÈME.

Tout repose au palais : seuls, les deux voyageurs,
Repoussant du sommeil les dons réparateurs,
Passent à conspirer, sous un toit tutélaire,
Le reste d'une nuit consacrée à leur plaire.
La vigilante aurore à peine, en souriant,
Avait, d'un doigt de rose, entr'ouvert l'orient,
Diomède, suivi d'une nombreuse escorte,
Dans la première enceinte ordonne qu'on apporte
Les dons fallacieux qu'Ulysse adroitement
Dispose, pour hâter le fatal dénoûment.
Agyrthès, sous son bras cachant l'airain sonore,
Est là, prêt à servir un projet qu'il ignore.
   De Phœbus, qui s'élève avec un front vermeil,
Déjà l'aspect brillant a fait fuir le sommeil ;
Du doux balancement de son aile légère,
Des Vierges de Scyros caressant la paupière,
Morphée à peine avait rafraîchi leurs attraits,
De leur nocturne asile abandonnant la paix,
Elles vont d'un beau jour, suivant l'antique usage,
A leur auguste père offrir l'heureux présage,
Et, sur son front chéri, d'un baiser virginal
Déposer tour à tour le tribut matinal.
Mais lui-même bientôt, à leur tête, s'avance
Vers le portique où brille avec magnificence

L'étalage nouveau de bijoux précieux,
Présens faits pour tenter un sexe curieux.
« De l'hospitalité c'est un bien faible gage, »
Dit Ulysse, et son geste à choisir les engage.
Lycomède y consent; plein de candeur, hélas!
Sous ce luxe frivole, il ne soupçonne pas
Que ses hôtes trompeurs cachent un artifice.
Par son cœur devait-il juger le cœur d'Ulysse ?
D'un caprice enfantin ne suivant que les lois (a),
Parmi ces dons divers chacune fait un choix;
L'une saisit un thyrse et l'agite avec grâce;
L'autre dans ses cheveux avec art entrelace
Une fleur, un rubis; l'une, d'un collier d'or
Cherchant à s'embellir, cache un plus beau trésor :
L'autre, d'un doigt léger, sur un luth qu'elle accorde,
Essaye, en souriant, de fixer une corde;
L'une apperçoit un glaive et s'écrie en tremblant :
« Que vois-je? ô ciel! mes sœurs! un fer étincelant!
» N'y touchons point : sans doute à notre auguste père
» Les Grecs ont destiné cette offrande guerrière. »
      Mais Achille, à côté d'un thyrse, d'un collier,
Voit briller une lance, un large bouclier
Où Mars est peint terrible! où, guidé par la rage,
Semble rouler un char dégoûtant de carnage;
Il frémit : des éclairs jaillissent de ses yeux :
Sur son front menaçant se dressent ses cheveux,
Superbe, plein d'audace, et respirant la guerre,
Il oublie et sa flamme et les pleurs de sa mère,
Mars dévore son cœur tout rempli d'Ilion.
Tel, et moins prompt encor, s'irrite un fier lion,
Qui, du sein maternel arraché sans défense,
Aux caprices d'un maître asservit son enfance :

Docile dans ses jeux et même en ses fureurs,
Il courbait sous sa main un front paré de fleurs ;
De l'acier flamboyant la lumière imprévue,
D'un oblique rayon, frappe-t-elle sa vue ?
Il abjure le joug ; et, d'un front révolté,
Menaçant à son tour celui qui l'a dompté,
Il fond sur lui, sur lui fait l'essai de sa rage,
Et de sa servitude efface ainsi l'outrage.
Achille qui s'éveille est plus terrible encor,
Lorsque, jetant les yeux sur le bouclier d'or,
Dans ce miroir fidèle où se peint sa parure,
Il se voit tel qu'il est : de sa longue imposture
Rougissant, pâlissant, il reste confondu.
Mais se penchant vers lui, de lui seul entendu,
« Qui t'arrête, lui dit l'ingénieux Ulysse ?
» De tes propres affronts cesse d'être complice ;
» C'est toi, je te connais, illustre sang des dieux,
» Du centaure Chiron toi l'élève fameux,
» C'est toi seul que des Grecs l'armée entière appelle ;
» De ses héros l'honneur, l'espoir et le modèle,
» Viens, mon fils ; souviens-toi d'Ossa, de Pélion ;
» Viens remplir tes destins ; déjà tremble Ilion ;
» Du bruit de tes exploits réjouis ton vieux père ;
» De ses vaines frayeurs fais repentir ta mère. »
    Il dépouillait ses bras et son sein demi-nu,
Lorsqu'Agyrtés, fidèle au signal convenu,
De l'airain martial fit retentir l'enceinte ;
A ces sons belliqueux, saisi, frappé de crainte,
Jetant thyrses, colliers, épars de tous côtés,
Le jeune essaim s'enfuit à pas précipités,
Implore Lycomède, et dans son trouble extrême,
Croit qu'un affreux combat s'engage en ces lieux même.

Achille a déchiré ses vêtemens honteux ;
Il a saisi la lance ; à son bras vigoureux
Brille du bouclier la masse étincelante,
Et sur son front s'agite une aigrette sanglante,
Il est armé ! terrible il marche, c'est un dieu,
C'est Mars ; l'air triomphant, le regard plein de feu,
Il s'avance à grands pas ; sa parure guerrière
Remplit tout le palais d'une affreuse lumière,
Vers l'immortalité croyant prendre l'essor,
Son œil demande Troye, et son bras cherche Hector,
La fille de Pelée a disparu. Confuse,
Gémissant à l'écart, son amante l'accuse ;
Achille entend, ou croit entendre ses sanglots,
Et l'amant dans son cœur balance le héros.
Laissera-t-il en proie à la honte, aux alarmes,
L'innocente beauté dont il conquit les charmes ?
Ah ! le héros alors ne serait qu'un brigand ;
Achille est généreux, il est noble, il est grand,
Et, sans trahir l'amour, il servira la gloire.
Au roi qui, voyant tout, n'osait encor le croire,
Sous le luxe guerrier qui le pare si bien,
Il adresse ces mots : « Grand roi, ne craignez rien :
» A vos soins paternels c'est moi qu'une déesse
» A confié ; c'est moi que réclame la Grèce ;
» C'est à vous que les dieux ont réservé l'honneur
» De rendre à la victoire un guerrier déserteur ;
» Je cours venger les Grecs ; mais, si j'ose y prétendre,
» Cet honneur est promis, mon père, à votre gendre ;
» Accordez-moi ce titre : .... au plus beau sang des dieux
» Craignez-vous de mêler votre sang glorieux ?
» Vous ne répondez point : sur votre front sévère
» Je crois lire un refus : eh bien, frappez, mon père,

» Vous pouvez me punir et non me refuser,
» Achille plus long-tems ne peut vous abuser,
» J'aime Déidamie. Un secret hyménée
» Pour jamais à la sienne unit ma destinée...
» Votre courroux redouble : ah ! ne l'accusez pas,
» Moi seul je fus coupable ; oui, contre ses appas
» Et la ruse et la force ont servi ma tendresse ;
» Violent, furieux, dans ma brûlante ivresse...
» Enfin elle a cédé, victime de l'effroi,
» Et ne m'a pardonné qu'en recevant ma foi ;
» Pardonnez-lui vous-même ; à vos pieds qu'il embrasse,
» Achille prosterné vous demande sa grace.
» Faut-il, pour l'obtenir, perdant tous mes lauriers,
» Laisser partir sans moi ces deux braves guerriers ?
» S'il le faut, je consens à déposer ces armes,
» Je reste auprès de vous... Mais vous versez des larmes....
     Les deux héros, voyant que le roi s'attendrit,
Achèvent tour à tour d'ébranler son esprit ;
Par l'honneur, par les dieux et leur pouvoir suprême,
Par le salut des Grecs, par son intérêt même,
Ils le pressent tous deux de confirmer enfin
Et le choix de sa fille et l'arrêt du destin.
Blessé, confus, malgré tout l'éclat dont il brille,
Qu'Achille ait dévoilé la honte de sa fille,
Craignant d'ailleurs Thétis dont le cri maternel
Va lui redemander le dépôt solemnel
Qu'à ses royales mains confia sa tendresse,
Lycomède combat et son cœur et la Grèce.
Mais peut-il enchaîner les destins d'un héros ?...
Il n'ose ensevelir tant de gloire à Scyros ;
Il l'oserait en vain : dans sa fougue guerrière,
Ce lion réveillé méconnaîtrait sa mère.

Il faut céder, il cède. A la voix du pardon,
De la retraite obscure, où, dans son abandon,
Des malheurs qu'elle craint elle accusait ses charmes,
Déidamie arrive, en essuyant ses larmes ;
Tremblante et n'osant croire au pardon annoncé,
Vers son père elle avance, à pas lents, l'œil baissé,
Derrière Achille, épie un regard moins sévère,
Et présente l'amant pour désarmer le père.
Elle tenait Pyrrhus endormi sur son sein :
Thétis, trop tard des Grecs pénétrant le dessein,
Pour l'aider à calmer la fureur paternelle,
L'avait secrétement fait porter auprès d'elle.
Achille prend son fils et, d'un air triomphant (b),
Dans ses bras tout armés il l'élève : l'enfant
Se réveille et sourit à l'éclat de l'armure,
O d'une ame héroïque intéressant augure !
Il joue avec le fer ministre du trépas,
Vers le cimier du casque étend ses petits bras,
Et son geste enfantin suit l'aigrette mouvante
Dont le balancement sème au loin l'épouvante.
Achille avec transport : « En vain, ô roi des dieux,
» Tu promis ma dépouille au Troyen odieux !
» Je pars, sûr de ma gloire, avec un tel présage :
» Je laisserai Pyrrhus pour finir mon ouvrage. »
A ce sublime élan Lycomède applaudit :
Sa fille, épouse et mère, en silence gémit ;
Mais trop heureuse alors que l'aveu de son père
Consacre ces doux noms et d'épouse et de mère,
D'un chagrin passager le nuage effacé
Par une ivresse pure est bientôt remplacé ;
Aux pieds des immortels, Achille et son amie
Ont déjà répété le serment qui les lie,

Et par des jeux nouveaux tout le peuple enchanté
Célèbre la valeur unie à la beauté ;
Enfin le lit d'hymen, sans bruit, mais sans mystère,
Reçoit les deux époux et n'a plus rien à taire.
    Pour répandre sa plainte au sein de son amant,
La compagne d'Achille attendait ce moment;
Dans les premiers transports d'une guerrière ivresse,
Quand l'ingrat à la gloire immolait la tendresse,
A son délire en vain elle aurait opposé
L'importun désespoir de l'amour méprisé ;
Ainsi que ses attraits, il eût bravé ses larmes :
N'admirant que l'éclat, l'affreux éclat des armes,
Sous un casque d'airain fier de cacher son front,
De ses légers atours se reprochant l'affront,
Achille rougissait alors de sa parure,
Ce qui fit son bonheur lui semblait une injure;
Il préférait, d'amour en abjurant les lois,
L'aigre bruit du clairon au doux son de sa voix!
Elle espère un peu plus, en ce moment propice,
Où l'amour règne seul, et c'est sous son auspice
Qu'elle assiége le cœur du farouche héros.
« Est-il bien vrai qu'Achille abandonne Scyros?
» Scyros !... ingrat ! ce nom, sens-tu ce qu'il rappelle?...
» Ai-je dû la prévoir cette fuite cruelle,
» En ce jour où, perdant une innocente erreur,
» J'ai connu ton amour ou plutôt ta fureur,
» Car dans ton cœur sauvage, impatient, extrême,
» Tout est fureur, je crois, tout, jusqu'à l'amour même?
» Alors tu m'adorais, tu le jurais du moins;
» Par les plus vifs transports, par les plus tendres soins,
» Tu flattais ta victime... hélas ! et ta complice!
» Ton crime était le mien... Qu'eût fait alors Ulysse?

» Fuyant ces vains lauriers qu'il court si loin chercher,
» Sous l'ombrage d'un myrte heureux de se cacher,
» Dans le sein de la paix, des plaisirs, de la joie,
» Achille me vantait Scyros et craignait Troye.
» Il bénissait Thétis qu'il maudit aujourd'hui,
» Il était tout pour moi, comme moi tout pour lui ;
» Moins grand, mais plus heureux de sa douce victoire,
» Aimer fut son destin, être aimé fut sa gloire.
» Transfuge de l'Amour, aujourd'hui, dans mes bras,
» Il voit l'Ida, le Xanthe, il rêve les combats !
» Et moi, le cœur tout plein du héros que j'adore,
» Je rêve le naufrage et redoute l'aurore !
   « Quand, chargés de butin, tes superbes vaisseaux,
» Vainqueurs et couronnés, repasseront les eaux,
» Voudront-ils aborder l'humble et douce retraite,
» Où, déguisant ton sexe et ta flamme discrète,
» Tu fus vainqueur aussi, mais vainqueur ignoré ?
» Toi-même, ivre d'orgueil, d'esclaves entouré,
» Te ressouviendras-tu que ta vivante image,
» Qu'un autre Achille croît sur cet obscur rivage ?
» Mais de reproches vains que sert de t'accabler,
» Quand mes larmes à peine ont le tems de couler ?
» Est-ce là cet hymen si libre et si tranquille ?
» Le même jour me donne et m'ôte mon Achille !
» Devais-je donc te perdre en recevant ta foi ?
» Je puis t'aimer sans crime, et vais vivre sans toi !
» O jours plus fortunés de tendresse et d'alarmes !
» Où, craignant tous les yeux, Amour cachait ses armes,
» Où nous n'étions heureux qu'en faisant un larcin,
» Nous l'étions en tremblant, mais nous l'étions enfin !
» Et quand les cieux, la terre, à notre amour propices,
» Semblent nous inviter à ses chastes délices,

» Lorsque du bonheur même on nous fait un devoir,
» On veut nous séparer ! non, crains mon désespoir ! ...
» Tu ne partiras point. » Au chagrin qui la presse
Le fier Achille oppose une tendre caresse,
Mais rien ne peut fléchir son courage indompté.
« Ah ! ce bonheur, dit-il, serait trop acheté !
» Si ton cœur aime Achille, il doit aimer la gloire :
» Tandis que Diomède, Ajax, de la victoire
» Iront seuls fatiguer les ailes et la voix,
» Moi ! je m'endormirais au bruit de leurs exploits !
» C'est à moi de combattre et de vaincre à leur tête :
» Ilion doit tomber, mais tomber ma conquète. »
    « Ilion ! reprend-elle, ô nom trop odieux !
» Les filles de Priam vont s'offrir à tes yeux !
» C'est peu que contre moi conspirent tous leurs charmes,
» Belles de leur malheur, brillantes de leurs larmes,
» Tu les verras baiser les pieds de leur vainqueur,
» Et bénir leur défaite, en recevant ton cœur.
» Que dis-je ? cet objet d'une affreuse querelle,
» Cette Hélène, qui voit vingt rois s'armer pour elle,
» Peut-être que, sensible à ses attraits fameux,
» Tu brigueras le prix du sang versé pour eux;
» Malgré le faible honneur d'une conquète aisée,
» Fier d'imiter en tout le volage Thésée (c),
» Tu voudras l'enlever; plein d'un délire égal,
» Le vainqueur de Pâris deviendra son rival :
» Et moi, triste jouet de ta première ivresse,
» Et moi je me verrai la fable de la Grèce.
» Ou plutôt ton orgueil rougira de nommer
» La modeste beauté qui sut le mieux t'aimer.
    » Mais pourquoi dans Scyros languirais-je sans gloire ?
» Ne puis-je pas te suivre aux champs de la victoire ?

» Quels périls, sur tes pas, pourraient m'épouvanter?
» Qui sait aimer Achille osera l'imiter :
» Mon ame se mesure à ton ame divine,
» L'amante d'un héros doit être une héroïne.
» Pourquoi Mars voudrait-il séparer nos destins?
» L'amour rend tout possible. Un glaive dans mes mains
» Doit-il plus étonner qu'un fuseau dans les tiennes?
» Eh ! n'as-tu point quitté tes armes pour les miennes ?
» Une guirlande alors était ton baudrier,
» Une simple corbeille était ton bouclier.....
» Mais ce doux souvenir n'est pour toi qu'un outrage :
» Ta première vertu, cruel, c'est le courage.
» La gloire a commandé : va, noble sang des dieux,
» Va, cours les imiter; sois immortel comme eux;
» Sois heureux, s'il se peut, loin de Déidamie ! .....
» Mais accorde une grâce au moins à ton amie :
» A son veuvage afin d'accoutumer mon cœur,
» Jure-moi, je le veux, par l'amour, par l'honneur,
» Jure qu'à son réveil le jour, huit fois encore,
» Me verra reposer sur ce sein que j'adore,
» Avant que tes vaisseaux t'entraînent loin de moi. »
      Le héros balançait pour engager sa foi :
Mais comment dire, hélas ! que l'amant le plus tendre
Demain ne pourra plus ni la voir ni l'entendre ?
Il promet ce qu'on veut; et, prompte à s'abuser,
Son amante s'endort, sur la foi d'un baiser.
     Mais Achille épiait le réveil de l'aurore;
Aux caressantes mains qui le pressaient encore
Sans bruit il se dérobe, et court au même instant
Rejoindre, sur la rive, Ulysse qui l'attend.
Là, pensif, il s'arrête; une tendre faiblesse,
Vers le toit fortuné qu'il chérit et délaisse,

Reporte ses regards que suit un long soupir.
Ulysse, pour combattre un si doux souvenir,
Quoiqu'il en doute encore, exalte sa victoire.
« Le voilà donc enfin reconquis à la gloire
» Ce héros qu'on osait condamner à l'oubli !
» Sous l'airain qui le presse , ô qu'il est embelli
» Ce front qu'efféminait une molle parure !
» A ces membres nerveux que sied bien une armure!
» Quoi ! Thétis, à la Grèce enviant un héros..... »
— Ce glaive doit absoudre et ma mère et Scyros,
Lui répond brusquement Achille , «mais moi-même
» Qui peut m'absoudre , hélas ! de tromper ce que j'aime?
» J'ai juré que hu it fois , danscet humble séjour,
» Mes yeux verraient encor naître et mourir le jour:
» A mes nobles destins sans paraître infidelle,
» Ne puis-je.... — Reculer, quand la gloire t'appelle?
Dit Ulysse ; « est-ce bien Achille que j'entends?
» Ah ! déjà ton courage a perdu trop d'instans !
» La Grèce impatiente et t'implore et t'accuse ;
» Hier tu l'ignorais , et c'était ton excuse ;
» Aujourd'hui , si tu veux justifier ton nom ,
» Tu dois nous précéder aux plaines d'Ilion.
» Tu ne me réponds point ! Fille de Lycomède ,
» Reste à Scyros ; et toi , valeureux Diomède,
» Viens, sans lui, nous saurons vaincre Hector..... Vaincre Hector!
» Vous ! sans moi ! (sur son fer sa main se porte encor.)
» Ulysse, à ma valeur cessez de faire outrage :
» Oui je vous dois à tous l'exemple du courage ,.....
» Je le donne : » Il s'élance, en prononçant ces mots,
Et la nef a gémi sous le poids du héros.
Tous les Grecs l'ont suivi. Par le conseil d'Ulysse ,
Au souverain des mers il offre un sacrifice :

Une jeune brebis, sous le couteau mortel,
Tombe, pour désarmer le courroux maternel,
Et, par ces vœux touchans, sa voix pieuse et tendre
Aux rochers de Scyros se fait encore entendre.
« O Thétis ! d'un exil qui fit rougir son front
» Achille assez long-tems a supporté l'affront.
» Je pars : l'honneur le veut. Si vous m'aimez encore,
» Je remets en vos mains l'épouse que j'adore ;
» Je vous remets Pyrrhus : consolez-vous par eux,
» Comme ils seront par vous consolés tous les deux. »
    A peine il achevait, que, pâle, échevelée,
Déidamie accourt : par la crainte éveillée,
Quand sur son lit désert sa main, en frémissant,
S'est étendue en vain vers son Achille absent,
Transportée à la fois de douleur, de colère,
Appelant à grands cris et ses sœurs et son père,
Soudain vers le rivage elle a volé. Grands dieux !
Quel douloureux spectacle alors frappe ses yeux !
« Le parjure ! il a fui !... » Cette pensée affreuse
Egare sa raison ; hors d'elle, furieuse,
Au sommet d'un rocher sur les flots suspendu
Elle court et s'élance !... Achille est éperdu.....
    De la reine des eaux, de Thétis elle-même,
Dans l'auguste appareil de son pouvoir suprême,
Le char majestueux s'élève, et sur son sein,
A côté de Pyrrhus qui lui tendait la main,
La déesse a déjà reçu Déidamie.
Le char suit le vaisseau, d'où vers sa tendre amie,
Vers son fils, vers sa mère, Achille, tour-à-tour,
Porte des yeux chargés de regrets et d'amour.
Au rivage attachés, Lycomède et ses filles
Demandent, l'œil en pleurs, qu'au sein des deux familles

La victoire ramène Achille triomphant.
Suspends ici ton vol, muse ! d'Achille enfant
J'ai peint les jeux, la fougue et l'amoureux délire :
Homère va chanter, je dépose ma lyre.

FIN DU SIXIÈME ET DERNIER CHANT.

NOTES

NOTES

DU SIXIÈME ET DERNIER CHANT.

(a) D'un caprice enfantin ne suivant que les lois.

Je dois encore cette description à Stace, et j'aurai le courage de citer ses vers, que je crois bien supérieurs aux miens.

> Hinc aliæ, quas sexus iners natura que ducit,
> Aut teretes thyrsos, aut respondentia tentant
> Tympana, gemmatis aut cingunt tempora vittis ;
> Arma vident, magno que putant donata parenti :
> At ferus Œacides, radiantem ut cominus orbem
> Cœlatum pugnis sævis, et forte rubentem
> Bellorum maculis, acclinem et conspicit hastam,
> Infremuit, torsit que genas, et fronte relictâ
> Surrexere comæ ; nusquam mandata parentis,
> Nusquam occultus amor, toto que in pectore Troja est.
> Ut leo, materno cum raptus ab ubere, mores
> Accepit, pecti que jubas, hominem que vereri
> Edidicit, nullas que ruit nisi jussus in iras ;
> Si semel adverso radiavit lumine ferrum,
> Ejurata fides, domitor que inimicus, in illum
> Prima fames, timido que pudet servire magistro.

On est fâché de voir ce superbe tableau défiguré par l'image que présentent ces expressions : *torsit que genas*, et par le mauvais gout de celle-ci : *et fronte relictâ*.

6

(*b*) Achille prend son fils, et, d'un air triomphant ;

Cet épisode n'est point dans Stace, mais j'ai cru qu'il ajoutait à l'intérêt de la situation ; ce tableau est bien différent de celui que l'on admire dans les adieux d'Hector et d'Andromaque, lorsqu'Homère nous peint Astianax effrayé du panache d'Hector et se cachant dans le sein de sa nourrice : mais je ne le crois pas moins dans la nature ; *fortes creantur fortibus.* Il était tout simple qu'Homère donnât toute la faiblesse de l'enfance à Astianax qu'aucun exploit personnel n'a illustré dans la suite ; mais il n'est pas contre la vraisemblance de supposer que Pyrrhus, non moins célèbre qu'Achille, et en quelque sorte le continuateur de ses exploits, annonce dès le berceau son instinct guerrier, et paraisse déjà familiarisé avec les armes. Cette idée, au surplus, appartient à Claudien, poëte latin, aussi mal-traité par La Harpe que Stace, et dont je me contenterai, pour le venger, de citer les vers suivans qu'il adresse à Théodose :

> Reptasti per scuta puer, primusque solebas
> Aspera complecti torvum post prælia patrem :
> Ille coruscanti clypeo te sæpe volentem
> Sustulit arridens et pectore pressit aheno,
> Intrepidum ferri, galeæ nec triste timentem
> Fulgur, et ad summas tendentem brachia cristas.

(*c*) Fier d'imiter en tout le volage Thésée,

Hélène, avant d'épouser Ménélas, avait été enlevée par Thésée.

F I N.

www.ingramcontent.com/pod-product-compliance
Lightning Source LLC
LaVergne TN
LVHW021744170726
843503LV00004B/1722